包苞——著

时间中的

绿锈红斑

礼县文史资料 第十四辑

礼县政协文化文史资料和学习委员会◎编

长江出版传媒 | 长江文艺出版社

《礼县文史资料》第十四辑编委会名单

一匹马的出现绝非偶然

赵文博

　　读包苞的诗集《时间中的绿锈红斑》，就读出了礼县人文历史的厚重与辉煌，就知道了如今养育着 54 万勤劳纯朴华夏儿女的礼县，曾经是"和仲测日""非子牧马"、秦人建国的地方和诸葛亮"六出祁山"的地方；就知道了乞巧歌声绵延千年、不绝于耳的西汉水上游地区，就是"蒹葭苍苍，白露为霜，所谓伊人，在水一方"优美诗句诞生的地方；就知道了陈列于国家博物馆的秦公簋出土地就在礼县红河镇王家东台；也就知道了以"不跪王权"名动公卿、以《刺世疾邪赋》名闻天下并以《非草书》奠定了中国历史上第一位书法评论家地位的"东汉辞赋家""汉阳郡上计吏"赵壹就是红河人；而伴随着"西江浣肠"传说成长起来的五代著名政治家、文学家，被世人尊为"诗窖"的王仁裕，其故居就坐落在礼县石桥镇斩龙湾。

　　读着读着，我们就从《时间中的绿锈红斑》中看到了人文初祖伏羲和秦人始祖女修在礼县这片热土上辛勤劳作的身影，看到了秦襄公在西垂宫举行开国大典时的踌躇满志和秦文公率军挺进八百里秦川时的浩荡铁流，以及诸葛亮北伐失利后"拔西县千余户去汉中"的悲壮凄凉；读着读着，我们就会被字里行间汹涌澎湃的情感波澜冲击得血脉偾张，就会被诗句中出神入化的想象和妙喻撩拨得心旌摇荡；读着读着，我们就会迷恋上谜一样神奇的礼县，就会渴望着拥抱起这方梦一样美丽的热土飞上云天！

　　礼县，古称西、西垂、西犬丘、西县，北魏建兰仓，明置礼县至今。

境内的西山遗址是目前在西北地区发现的唯一一座西周时期的秦人城址，秦四大陵园中的第一陵园——西垂陵园就坐落在西汉水北岸的大堡子山上；三国遗址在西汉水两岸星罗棋布，诸葛亮收服姜维的天水关和射杀张郃的木门道东距祁山堡仅有三十公里，姜维大战司马昭的铁笼山西距祁山堡不到四十公里，而诸葛亮演练"八卦阵"的观阵堡就与祁山堡隔河相望。

秦史研究专家说，礼县是"秦皇祖邑""秦国发祥地""大秦帝国的摇篮"；三国史研究专家说，礼县是"三国古战场"。

礼县，在秦人崛起和华夏一统伟业中做出了不可磨灭的贡献；礼县，在群雄割据的三国纷争时代上演了"六出祁山"的历史活剧！

这方"拥抱过王的黄土/也拥抱着草民"；这方"拥抱过王的黄土"，在"养活了秦的庄稼"时，"也养活着犬戎"；而当你"站在长满了荒草的观阵堡的堡梁上"时，"风"就"会把古老的心跳吹过来/万千战马裹足衔环/遍体甲胄的兵士/屏气凝神/一千七百年/他们/似还藏在风里"。

无论是秦人崛起的灿烂辉煌，还是诸葛亮"出师未捷身先死，长使英雄泪满襟"的悲壮凄凉，都足以让礼县名垂青史，光芒万丈！

然而，令人痛彻心扉的是，当年诸葛亮"拔"西县"千余户去汉中"的无奈之举，让礼县元气大伤；近代骇人听闻的礼县"屠城"事件，让县域内的精英们集体殉难，各种珍贵的文物和资料被付之一炬。历史文化的几近断裂，致使世人对礼县的前世知之者鲜有，发掘者无多。虽然"大堡子山怀揣一个隐居的帝国/端坐悠悠岁月"，但巍巍大堡子山啊，"你不开口"，礼县的"过去"就"只是一个谜的漩涡"；悠悠西汉水啊，虽然"祁山易登"，可是"孔明难寻"！

斗转星移，日月轮回。"青山遮不住，毕竟东流去"，因为"风吹不动/青铜的心脏在跳"；"雨冲不走/青铜的心脏在跳"；"土埋不住/青铜的心脏在跳"！

1990年代大堡子山秦西垂陵园的发现，让尘封了2000多年的秦人秘史终于大白于天下；从大堡子山、圆顶山、西山等遗址出土的一件件青铜器，开始在礼县"甘肃秦文化博物馆"里现身说法，给世人讲述起了"一个民族文明的记忆"。

大堡子山秦西垂陵园的发现，被誉为 20 世纪中国考古界继敦煌藏经洞和秦始皇兵马俑之后的第三大发现，但由于推广宣传方式的单一，这一震惊世界的重大发现与考古成果，目前还只局限于学术界和领导层面的交流应用，业外人士对此往往知之甚少。

让人喜出望外的是，《时间中的绿锈红斑》不失时机地弥补了这一缺憾，它以诗歌的名义，给世人打开了一扇了解礼县前世今生的窗口，为礼县穿上了诗意的盛装，为礼县的经济社会发展插上了文化的翅膀！

在《时间中的绿锈红斑》中，包苟在寻到礼县的根、找到礼县的魂、让礼县丰神俊朗地呈现在世人面前时，还对地处青藏高原、黄土高原和秦岭山地交汇地带的礼县独具魅力的自然风光和山川形胜做了热情赞美与深情讴歌。且不说他对悠悠西汉水一往情深的怀恋与吟唱，也不说他对风光旖旎的秦皇湖独具慧眼的审美与思考，更不说他对"涛声起处，石头也变成了星星"的原生态湫山风物的歌咏与爱慕，单是一首《上坪草原》就足以饱了人们的眼福，醉了人们的心房。看吧，那是一处"青草聚为海洋的地方/野花开成铃铛的地方/风把大地吹弯的地方/羊群飘为浮云的地方"，在那里，"长鬃披垂的母马/泊于露珠的心上"；再看吧，那是一处"浓雾飘为奶香的地方/阳光铺成金色赞歌的地方/幸福的幼马绽成芭蕾的地方"，"风吹草低"时，那里就会"现出大地圣洁的乳房"。当你埋首诗行低吟浅唱时，心儿早已随着诗情画意飘飞到了如梦似幻的人间天堂。

此外，诗集中对野花、野草、野鸟的观察、思考与礼赞，尤为让人感动，"龙胆花的内心藏着一座蔚蓝色的大海"，"歌唱的鸟儿是一座爱的发电厂"；对礼县当下代表性文化名人学养、成就与风骨的咏唱，能让人们对患难中成长起来的一代知识分子充满敬意，"阳光下/八十岁的老人继续在漂洗着清澈的流水/满河谷的石头就和我一样/有了想飞起来的冲动";而对礼县未来的展望,更是让人精神为之一振,"遒曲的小路驮着""走读的孩子们",他们"在古老的大地上袅动/就像一条缀着花蕾的老枝条/在走向春天的路上/被风吹出了幸福的姿态"。阅读这部分诗作,除了能够增加我们对礼县认识上的宽度与广度之外,还能帮助我们触摸到作者的心跳。

"玉在山而草木润,渊生珠而崖不枯"。《时间中的绿锈红斑》用文学艺术的形式,复原了礼县的人文历史,诗意了礼县的秀美山川,是一本十分难得的亲近礼县的文学读本。该书的出版发行,必将为礼县文化的复兴、文旅产业的兴起和经济社会的发展,产生积极的推动作用,这让我们欢欣鼓舞,信心倍增!

包苞曾参加过全国第 23 届青春诗会,两次去鲁迅文学院学习深造,两次蝉联"甘肃省诗歌八骏",多次荣获国家级诗歌奖项,是活跃于当代中国诗坛的实力派诗人。他的诗歌纯粹、唯美、含蓄、厚重,饱含哲理,耐读耐品,情感浓郁,催人奋进。在"龙潭探骊珠,云窦织天衣"的诗歌创作道路上,包苞的步伐很坚定,也很沉稳。衷心地祝愿他再接再厉,一往无前,走得更高,走得更远!

2020. 3. 26

目　录

祁山：瓦蓝的天空下，鹰在漫步（组诗）………………………… 001

　　观阵堡，只是一座荒芜了的时光鸟巢 ………………………… 001

　　祁山堡上，鞠躬尽瘁只留下漫漶时光 ………………………… 002

　　孔明柏，是一株参天的古树 …………………………………… 003

　　点将台，只是适合看落日 ……………………………………… 004

　　生长在乡政府院子里的三棵娑罗树 …………………………… 005

盐官，或者一个小镇（组诗）………………………………………… 007

　　盐官，或者一个小镇 …………………………………………… 007

　　小镇，雨 ………………………………………………………… 008

　　一匹马，在盐官的大地上出现 ………………………………… 009

　　给心爱的羊羔羔系上铃铛 ……………………………………… 010

　　在小镇 …………………………………………………………… 011

　　冬日盐官逛大集 ………………………………………………… 012

　　在张二哥的蔬菜大棚里 ………………………………………… 013

红河，那些古老的姓氏在水面上闪光（组诗）…………………… 015

　　红河湖的水面上，闪光的是那些古老的姓氏 ………………… 015

　　红河湖致赵壹 …………………………………………………… 016

　　秦皇湖随想 ……………………………………………………… 017

　　秦公簋 …………………………………………………………… 018

读《穷鸟赋》见群鸟翔集有感 …………………………………… 019

大堡子山行吟：浮云书写的锦绣（组诗）……………………… 021

翻穿羊皮的人 ………………………………………… 021

荒草的耳朵 …………………………………………… 022

龙脉 …………………………………………………… 023

奔跑的骏马只是悲壮的开头 ………………………… 023

又是几个千年 ………………………………………… 024

浮云书写的锦绣 ……………………………………… 025

青铜 …………………………………………………… 026

空城 …………………………………………………… 027

另一种荒芜 …………………………………………… 028

生活还在继续 ………………………………………… 029

秦之草（组诗）…………………………………………………… 031

陶土里的秦 …………………………………………… 031

涛声 …………………………………………………… 032

青铜鼎 ………………………………………………… 032

一匹马，在梦中出现 ………………………………… 033

大堡子山 ……………………………………………… 034

他们追赶着太阳来到西垂 …………………………… 035

河流 …………………………………………………… 036

我的家园我的秦（组诗）………………………………………… 038

家乡 …………………………………………………… 038

赤土山 ………………………………………………… 039

西山 …………………………………………………… 039

永远的松树林 ………………………………………… 040

西汉水 ·· 042

栖云亭 ·· 043

波月亭 ·· 044

时雨亭 ·· 045

承露亭 ·· 046

晴雪亭 ·· 047

山丹花 ·· 047

月下，在法幢寺 ······························· 048

西山漫步 ··· 050

洮坪行吟：低处的光阴 ············· 054

赶早出门，遇见阳光 ······················ 054

山行 ··· 055

在大堡 ·· 056

他牵着牦牛走进春天 ······················ 057

在春天的河谷路遇童年 ·················· 058

路遇小路上走读的孩子们 ··············· 059

被洗净的流水 ·································· 060

洮坪河的水 ······································ 061

裸棺 ··· 062

眺望 ··· 063

秋雨 ··· 063

河乌 ··· 064

银杏 ··· 064

野山棘 ·· 065

车子走着走着，就停了下来 ············ 065

低处的光阴 ······································ 066

上坪草原 ···················· 067

红崖电站 ···················· 068

湫山行吟：随风飘落的斑斓（组诗）········ 071

一次性的村庄 ················· 071

牵牛 ······················ 072

秋天的小树林 ················· 072

咬着牙的蒲公英 ················ 073

我在秋天还爱什么 ·············· 074

秋日山谷 ···················· 075

落叶的咏叹 ·················· 076

秋天，经过一株缓慢旋转的树 ········ 077

石上松 ····················· 078

在湫山的河谷里 ················ 079

蒋寺小学（组诗）················ 084

蒋寺小学 ···················· 084

半截钢轨 ···················· 085

山坡上的读书声 ················ 086

河畔上 ····················· 087

教室外的孩子 ················· 088

黑板上的错别字 ················ 088

野瓦河 ····················· 089

故乡 ······················ 090

高原上的旗帜（组诗）·············· 092

高原上的旗帜 ················· 092

红头巾 ····················· 093

卜子坝，一个湖泊的遗址 ……………………………… 093

在草坪 ………………………………………………… 094

在草坪，一座山要收紧他的肚皮 …………………… 095

计生对象早得 ………………………………………… 096

被药着的傻孩子 ……………………………………… 097

星光之城：寺阁山 ……………………………………… 099

早安，寺阁山！ ……………………………………… 099

星空下 ………………………………………………… 100

那一夜 ………………………………………………… 100

寺阁山顶 ……………………………………………… 101

夜登寺阁山 …………………………………………… 102

夜晚的山顶上，黑暗也有淡淡的光 ………………… 103

山梁 …………………………………………………… 103

河水转弯的地方 ……………………………………… 105

我从山野采回了草莓 ………………………………… 106

龙胆花的内心藏着一座蔚蓝色的大海 ……………… 107

唯有西山梁给我安慰（组诗）………………………… 109

西山梁 ………………………………………………… 109

只有五月的西山梁给我安慰 ………………………… 110

西山梁 ………………………………………………… 111

山坡上 ………………………………………………… 112

苦荬菜一无用处，但上帝爱它 ……………………… 113

我只喜欢我的西山梁 ………………………………… 114

冬日西山梁 …………………………………………… 115

山鸟 …………………………………………………… 116

秋风 …………………………………………………… 117

冬日速写：西山梁 ………………………………………… 118

积雪西山梁 ………………………………………………… 119

覆雪的西山梁 ……………………………………………… 121

登山 ………………………………………………………… 122

开满了狼牙花的小山坡 …………………………………… 123

小野菊 ……………………………………………………… 124

秋日的西山梁 ……………………………………………… 125

地榆 ………………………………………………………… 127

千里光 ……………………………………………………… 127

鬼针草 ……………………………………………………… 128

白头翁 ……………………………………………………… 129

千里光，或者一条河流的轮回 …………………………… 130

野棉花 ……………………………………………………… 131

蒲公英 ……………………………………………………… 132

白头翁 ……………………………………………………… 133

风毛菊 ……………………………………………………… 133

棣棠花也叫秤杆梢 ………………………………………… 134

风铃草 ……………………………………………………… 135

狗尾草 ……………………………………………………… 136

行军蚁 ……………………………………………………… 136

小雏菊 ……………………………………………………… 137

一个人的小树林 …………………………………………… 137

秋天 ………………………………………………………… 138

落叶松 ……………………………………………………… 138

一条槐花披拂的小路 ……………………………………… 139

花草 ………………………………………………………… 140

每一朵野花的心上，都藏着上帝的秘密 ………………… 140

庆幸 ………………………………………………………… 142

山坡上 ··· 142

蓝色的矢车菊 ·· 143

鸟儿在树荫里叫着 ····································· 144

一条小路 ·· 145

在山坡上读一首诗 ····································· 146

注视一只雉 ··· 147

歌唱的鸟儿是一座爱的发电厂 ······················ 147

落日 ··· 148

晒太阳 ··· 149

倾听时间 ·· 149

独坐西山梁 ··· 149

林子里 ··· 150

春天 ··· 151

正午 ··· 151

林下 ··· 152

通往山梁的路一直在闪光 ···························· 153

早晨 ··· 154

想家就是想念一面山坡 ······························· 155

阳光中 ··· 155

在山坡独坐 ··· 156

落叶辞 ··· 157

一坡黄花：兼题友人微信照片 ······················ 158

看一枚树叶在风中飘落 ······························· 159

牧羊人 ··· 161

五月的谣曲 ··· 162

乞巧，在西汉水的两岸（组诗） ···················· 166

　　唱巧 ··· 166

迎巧 ·· 167

乞巧 ·· 168

祭巧 ·· 169

卜巧 ·· 170

送巧 ·· 171

跳"麻姐姐" ······································· 172

"乞巧"的老女人 ································· 173

天空有字 ··· 173

礼县，沁入时间的绿锈红斑（组诗）·········· 175

古老的铜镜 ······································· 175

鼎 ·· 176

箭镞 ·· 177

磬 ·· 177

编钟 ·· 178

青铜鼎 ··· 179

陶片 ·· 180

鼎 ·· 180

石磬 ·· 181

铜镈 ·· 182

镞，或者二次伤害 ······························· 182

从戈，到伐 ······································· 183

西汉水边，爱情从来都是一咏三叹 ············ 184

殉 ·· 185

我心上的骏马已经在人间消失 ················· 185

蒹葭 ·· 187

西江 ·· 187

西汉水的前世今生 ······························· 188

大堡子山秦公大墓抒怀 ···························· 189

西汉水 ·· 190

荻花 ··· 191

在水一方，那些永远青葱的身影（组诗）·············· 193

"月芽滩"里吃樱桃 ································· 193

丙申春天记事：2月21日下午，磨石村看望痛失爱孙的老诗人····· 196

听云翮君讲论语三则 ······························· 198

其名自叫 ··· 200

和云翮兄聊天归来，夜读李白《梦游天姥吟留别》有感 ······ 201

某夜，送竹溪先生过渡槽 ····························· 203

南山践行，兼寄竹溪翁归乡养病 ······················· 204

深山访竹溪老翁 ····································· 206

祁山：瓦蓝的天空下，鹰在漫步 (组诗)

观阵堡，只是一座荒芜了的时光鸟巢

站在长满了荒草的观阵堡的堡梁上，风
会把古老的心跳
吹过来

万千战马裹足衔环，遍体甲胄的兵士
屏气凝神
一千七百年，他们，似乎还藏在风中

堡墙以远，田间小路上奔驰的三马子，早已
不分蜀魏
陌上相逢，沉默中，递来一卷呛人的旱烟

坚实的堡墙，只是荒芜了的时光鸟巢
一页鹰翅，悄悄滑过沉思者的额头，又遁入草丛
这岁月的探马，日日，逡巡在
瓦蓝的天空下

2012. 8. 27

祁山堡上，鞠躬尽瘁只留下漫漶时光

登上祁山堡，就登上了悲哀的肩膀
千年一叹
鞠躬尽瘁只留下漫漶时光

渎职处处都有
有人却爱独享凄凉
年轻的乡长，天天忙着迎来送往

本想垒筑雄心
安葬的却是一声浩叹
蜀相走了
那前呼后拥循迹而来的张望者又是谁呢？

占卜的道士
为那些叵测的卦签早早准备好了足够的溢美之词
谁掏钱，就给谁一份慰藉

2012.8.27

孔明柏，是一株参天的古树

满坡都是柏树，要找到叫"孔明"的那一株
只能依靠村子里的老人
口耳相传，是一座不朽的碑
一千多年来，落草民间，才是最好的守护

扶不起缺钙的江山
就种一株长寿的柏树让岁月来仰望
雨来擎伞，风来摇扇
粒粒鸟鸣
可做种菊南山

六出六进，怎能挽回人心的颓势
江山自古多小人
尽忠君王，只能是一场悲哀的辉煌

祁山易登，孔明难寻
眼见着山脚下车来车往，卷起的却是尘土飞扬

2012. 8. 28

点将台，只是适合看落日

点将台上，风吹蒿草
不停地吹
会吹醒什么？

群山，在起伏中老去
明月，在等待中常新

风雨削不平的点将台，只是适合看落日
没有茅庐三顾，怎会赢得痴情六出？
如今，纵使蜀相归来
这长天之下，又该如何高声点数？

雄心从来都托不起下沉的落日
何必要为遥不可及的事为难自己
活着，就是一种壮举

食手植的菜蔬，饮天赐的清泉
月朗风清夜，和墙角的蛐蛐唱和
只要胸中有乾坤，指点什么，都是江山

2012. 8. 29

生长在乡政府院子里的三棵娑罗①树

没有人在意他的七片叶子
是否掐着顿悟的手决
也没有人在意
他白鹤似的花朵与佛祖的关系
我发现了他，甚至觉着不该惊讶地喊出来

逃学的孩子依旧会爬上去
上访的老人依旧会在他的浓荫里喋喋不休
如果没有上级来检查
乡政府大院依旧会寂寞无声

其实，如今想来，我还有些懊悔
为什么一定要叫出他的名字呢
认出了他，我又能为他做些什么呢

在乡政府的院子里
三株娑罗树依墙而长
你不认出他，他就是三株幸福的树

---

① 娑罗，在梵文为 sāla，是"高远"的意思。相传摩耶夫人在兰毗尼园中，手扶娑罗树，产下释迦牟尼。后释迦牟尼在拘尸那罗城外，跋提河边的娑罗双树下入灭。相传释迦牟尼入涅槃时，娑罗树同时开花，林中一时变白，如同白鹤降落，因此又称为鹤林、鹄林。

你认出了他，他就是三盏烦恼的灯

2012. 9. 25

（发表于 2013 年 2 月《飞天》）

盐官，或者一个小镇 (组诗)

盐官，或者一个小镇

当一个戴着硕大墨镜的老人
手提鸟笼，从小镇走过
轻尘飞扬的街道总显得空旷
满头花白的岁月

似乎无法使他的腰板有稍许弯曲
而灰暗的楼房，和密密匝匝的民宅
更让他挺拔的身子显得孤独而倔强

人们都习惯地称他"先生"
并且毕恭毕敬，这大多缘于
在他高挺的胸中，小镇的过去
从未停止呼啸：太阳落下的地方。
秦非子牧马的地方。盛产盐和骡马的地方。
诸葛先生鼎足三分的地方……

这都是几千年前的事情了
甚至在他说起'西垂宫'的时候

连小镇的空气也有些迷茫

可这又能怎样呢

有那么多人都曾在盐官留宿

也喝过盐官咸而涩的水

却只有老人坚信，盐官

仍是一个水草丰茂的地方

总有一天，西安的兵马俑

会结队返回故乡……

2003.8.11

(发表于 2005 年 10 期《飞天》)

小镇，雨……

一辆破旧的客车，在微雨中停下来。

一个女人，从客车中探出肥硕的身子

手扶车门朝四周张望。

另一个女人，手提挎篮从路边走过来

围着车窗兜售篮子中的鸡蛋。

一只手，便从车窗递出一张皱巴巴的钱。

此时，一个戴蓝帽子的男子

正从深深的巷子朝客车跑来

在客车打过三次喇叭之后

"哐当"的关门声

将卖鸡蛋的女人丢在了雨中

在相互拉开的距离中

他们的背影在彼此的回望中不断缩小

直到缩小成两片落叶，或者两粒沙的时候

小镇的雨，开始大起来……

2003. 8. 11

（发表于 2005 年 10 期《飞天》）

一匹马，在盐官的大地上出现

一匹马，在盐官的大地上出现

时光，是否会在瞬间倒流

如果它腾蹄狂奔，千年的云朵

是否会像炸群的鸟，向它扑来

可千年的风，一定会是它飞扬的鬃毛

如果它低下头，用忧伤亲吻脚下的小草

西汉水，也一定会捧出白花花的盐

铺平通往泪水和悲壮的路

这是一个因盐而盛产骏马的小镇

这是一个因马而成全一个朝代的小镇

一匹马的出现绝非偶然

尽管岁月，为所有的骏马

准备了足够接纳的肉联厂

可总有倔强的一匹，还要越过千年

并用矫健的跑姿，啸傲岁月的屠刀

真正的骏马，是用肉和骨头奔跑吗？

肉联厂能把肉从骨头上分离

可它能把盐从生命中分离吗

就像岁月无法把盐和盐官分离一样

一匹马，从盐官的大地上出现

千年的风，会同时朝着它吹

并且，把它高高举起……

2003.8.16

（发表于 2005 年 3 月《诗刊》下半月）

给心爱的羊羔羔系上铃铛

铺满了青草的大地

如果没有洁白的羊儿

那该是多么地孤独和空旷

如果只是羊儿

将头埋在碧绿的心事

而没有身穿红裙子的小姑娘站在身旁

那羊儿的细嚼慢咽

也只能是一种自言自语的忧伤

有了碧绿的青草

有了穿红裙子的小姑娘

淘气的羊羔羔，就会跑过来

用它柔软的犄角撞响蓝天的胸膛

小姑娘，给心爱的羊羔羔系上铃铛

风儿吹过时

你听，大地鲜艳的心跳

是如此宽广

宽广得让蓝天，也随着风儿飘扬……

2003. 8. 19

（发表于 2005 年 10 期《飞天》）

在小镇……

只要不是冬天，这迎面而来的风

总是如此顺遂人意

如果它在吹散酷热的同时

也吹去了心头的烦闷

月光，会让遍地古色古香的虫吟

泛出轻柔的光

这是一个叫盐官的小镇

日子清闲得几乎要飘起来

每一个深夜，听着虫子们弹响月光

满天的星辰，会从我透明的体内升起

住得久了，我就感到自己

是一件虫声织就的衣服

或者月光裁成的旗帜

被南来北往的风吹动

并不时地发出自足而沉醉的叫声……

2003.8.17

(发表于 2005 年 10 期《飞天》)

冬日盐官逛大集

优质的骡马已经是尘封的旧事了，盐官人不愿再陷入伤感的回忆。

辉煌过的肉联厂已经倒闭了，这又不是时代的错。

秦非子，骑大马，那也是盐的功劳。不逛盐官的大集，你就不要妄谈幸福。

不足一公里的集市上，人挤着人，声音挤着声音。他们都是复活的秦俑，有着标本样的剽悍和健壮。

他们裹挟着尘土，依次经过菜蔬摊、布匹摊、甜醅摊、耗子药摊和茶叶摊。来到挂满白花花的猪肉的肉锅前，他们要在油黑的长条凳上坐下来：一海碗的扯面或者饸饹，再切半斤卤好的肥肉，这就是幸福最朴素的含义了。

扯面要劲道的，饸饹要厚片的，肥肉要带汤的，蔬菜要本地的，花布要鲜艳的，甜醅要醉人的，耗子药要三步倒的，茶叶要耐煮的。

扁食可以不放馅子，但那肉臊子的汤汁是认真的；沸腾的肉锅可以不避飞扬的灰尘，但那醋醉的眼神是真的。

坐下来，就不要做幸福的异己。水盐不加碘，那才是生活的原滋味。

座位要自己去抢，调料要自己去兑，大缸里的散酒要自己去打。听听那个年轻的屠夫如何计算：沿街的十八口煮肉的大锅，每个逢集可以把二百头肥猪赶进人们幸福的肠胃！

到了盐官，就不要再谈贵贱尊卑。没有这井水里的盐，没有这盐水中的肉，始皇也到不了秦川。瞧，那个镶着金牙的女人，绛紫色的脸上浮现出的笑，不知要颠覆多少觥筹交错的盛宴。

到了盐官，就坐下来吧。吃碗卤肉，咂口小酒，打几个饱嗝，幸福就是这么简单。

在张二哥的蔬菜大棚里

七分地的蔬菜大棚，好像有十万亩的温暖。
冬天的阳光在此滞留、发酵，又顺着红红的丝线爬上架。
张二哥憨实的妻子像一朵花，幸福又健硕。
她不停地招呼我们，不停地用十个缠满胶布的手指为满地碧翠的菜瓜蔬果搭架。

十个手指，缠满胶布，像十个奶水丰满的乳头，满地的菜瓜，都在喊妈妈。

幸福的张二哥。蓄着八字胡的张二哥。倚在大棚门口，嘿嘿笑着，把他的十个手指依次按压。

红河，那些古老的姓氏在水面上闪光 (组诗)

红河湖的水面上，闪光的是那些古老的姓氏

站在红河湖边
深绿的湖水涌动
湖水连着的沟汊、峰峦就会涌动
湖水中，漂浮着的云朵
就会涌动

这并不是一泓死寂的湖水
夹岸而上，依次是高家、岳家、费家、花石吕家、街上赵家
再往上，就是秦公篮沁满绿锈红斑的纹饰

运有兴衰，城无恒主
但古老的血脉从未断绝
或一炷清香
或一身正气
或庙堂
或田间地头
不要在红河的地界大声呵斥
儒雅飘逸的不仅是湖面上的白鹭

风拂水面，群鸟翔集
那在湖面上闪光的，不是鸟群
是红河两岸古老的姓氏

2020. 3. 20

红河湖致赵壹

隔着千年岁月
我长揖一拜：先生，请了！
红河湖水波漾动
细浪拍沙
这定是先生长情的回礼

天台山在后
王家东台在前
以湖水为酒
我用布满铭文的秦公簋敬你见公不拜

刺世嫉邪挂冠不出
你就是天台山刚烈的膝盖
跪天跪地跪父母
就是不跪王权

但你一定跪过

跪天台山

跪家乡父老

要不，这红河湖的水也不会这么温婉深情

千年倏忽，但你不曾走远

做人要行楷，不要草书

回首水天相接处

因你

个个瘦骨皆带铜音

处处白羽无不凌云

先生，请了！

我干

君随意

2020. 3. 20

秦皇湖随想

红河湖自带姓氏

为什么，一定要叫"秦皇湖"？

岸边美男子

美须豪眉声如洪钟

宁可饮寒荒岁汗土泥足

做"穷鸟"哀鸣

也不去衙门做官

每有风过，让人总会疑是先生怒斥

何况，湖水自有亲民意

碧波不须冠乌纱

鸥鹭不齿

白眼乱翻

2020. 3. 20

秦公簋

国之重器

也有满身铜锈的时候

翠绿的锈如果漾动

就是红河湖的水

深邃而神秘

国之重器

也有大而无用的时候

如果欲望被复制、放大，浇筑成台

它也许就是一个

老百姓用来说闲话的地方

"不顯朕皇且，

受天命鼏宅禹迹，十又二公，在帝之坯。"

这些古拙的大篆，即使今天

也很难读懂

它或许就是一个个行走在绿锈红斑里的人

充满了疑惑、茫然

和深深的担忧

有时候，国之重器

也不过是一只一无所用的破铜烂铁

被时间无情锈蚀

又被生活一脚踢远

2020. 3. 21

读《穷鸟赋》见群鸟翔集有感

可见的网好破

暗藏的箭难防

人世

历来如此

英雄拔剑

总会赢得四顾茫然

以刀刎颈，易

煎药去毒，难！

英雄何苦做穷鸟

治世如绣花

正义的针

还要耐心的手来拿

何况，人在世
不是鸟在野
活着
没有终南山

2020. 3. 21

大堡子山行吟：浮云书写的锦绣（组诗）

在二十世纪九十年代，甘肃礼县大堡山曾经被盗墓者疯狂盗掘，大批精美的青铜器以极为低廉的价格贩卖到海外，离开了铸造它的国度。当这些流落的文物因证实秦西垂宫的存在而揭开秦人第一陵区这个千古之谜，海内外考古界被震惊，可大堡山只剩下空荡荡的土坑和散落在草丛里的陶片。

——题记

翻穿羊皮的人

河谷里放马
山梁上筑城
看得见的鹰鹞越飞越远
看不见的帝王
隐身蒿草斜阳

大堡子，蹲在山梁上
只能用来怀旧
或者充当野兔和雉的城堡

一万座山峰时时被风吹乱
唯有晚归的牧羊人

身披羊皮大氅站在风中

荒草的耳朵

多少人被黄土湮埋？一定比活着的多
所以，吹过大堡子山的风总是显得拥挤

向荒草借耳，就听得见马的嘶鸣
那都是世上的奇骏
往返间，山梁一直像刀锋

好风水看得见兴废沉浮
但都不说出
站在高处远眺，未必人人都有勒缰的豪迈

左手一条河
右手一条水
大堡子山就将头高高地昂起
有人就此坐化
有人却滚鞍下马，低头袖手
消失在山脚的村落……

东边的村子叫课寨
西边的村子叫赵坪
西垂消失了
百家的姓氏，个个都是厚葬帝王的坟茔

龙　脉

绵延的山梁起伏怎样的龙脉？

家家都想出天子

可每一寸黄土下都挤满了壮志未酬的尸骨

东向的河川多水草

西向的群峦出贼寇

青草的路上跑鹰鹬

蒿草的河边长江山

千寻黄土，掩埋的只是青铜铸就的糊涂遗愿

奔跑的骏马只是悲壮的开头

做不了王侯，就做幸福的草民

把流经的河水扶起来

盐官川水草丰茂

适宜于熬盐，放马，种庄稼

阳光饲养的树叶

饱含井盐的情意

西汉水流经此地，总是柔肠百转

回忆催人老去

淡淡的盐香却增加了历史的味道

总有一天，风会把饱满的籽粒带到中原

而善于奔跑的骏马

只为辉煌的巨著起了个悲壮的开头

剩下的书写交与流水

每一朵浪花因为托付而闪出光来

又是几个千年

大堡子山上风云变幻

大堡子山下牛在耕地马在奔跑

乖巧的绵羊为了佐酒而肥美

习惯了靠天吃饭的人

并不在乎灵魂能飞多远

一只只鹰鹞凌空而上，却又铩羽归来

蹲在高高的堡墙上

这一出神，就是几个千年

生活在乡村

常把披着黑斗篷的恶老鸹当乡绅

对于丢失的羔羊和小鸡

只能归咎于命运多舛

奈何不得虱子爬上了发梢

就把它当作苦日子里的穷亲戚

不要期望漫漫岁月带来温暖

冷了，就用草绳扎住漏风的卧龙袋

这一忍，就又是几个千年

浮云书写的锦绣

流水修改过的大地

野草重新将它恢复

身穿麻布衫的人踩着埂界走过来

又渐渐远去

翻过山梁，就像逃过了命运的牵绊

再也看不见了

我怀疑那梦一样的身影

从来就不曾在大地出现

一声一声的花儿

如今只在梦里鲜艳

要不是这蜿蜒的山梁

抬脚踩住了渐渐倾斜的绿

一朵一朵的云影，会将它们全部偷运出村

风吹动的，永远是内心的敬畏吗？

阳光簇拥的浮云，却把锦绣

写满了山川

青　铜

冰冷的青铜，更接近于谁的容颜？
西垂铸鼎
盛放的永远是贪婪
两千年，除了金子还在远处疯狂
大堡子山，依然荒芜一片

寒鸦并不避讳姓氏的尊贵
倒是遍地青草
充当着那些生殉的代言

为什么要将罪责归于洛阳铲？
无数人间奇骏并非热爱肉联厂
可它们却不得不低头引颈

记忆的红斑绿锈总会找到附着的白骨
而大堡子山的青草岁岁不息
却是听到了每一朵云影发出的长嘶

空　城

头戴堡子的小山丘
是否也是落难的盗墓青年？
破碎的陶罐不是梦
布满了红斑绿锈的青铜更不是

两千年的风水
并没有等来虚幻的荣华
而厄运早就注定
森森白骨能说些什么？

拥抱过王的黄土，也拥抱着草民
养活了秦的庄稼，也养活着犬戎
漫漫岁月，爱恨握手言和
如果没有第二天的太阳
我们还在等待什么？

大堡子，仰面朝天
尊荣早就成了漫漶的泪水
一座颓圮的空城能生产多少活命的粮食
倒是山前山后的果树
复活了无数卑微的心跳

另一种荒芜

起伏的山峦，是否就是浪花的另一种形态？
用怎样的速度回放
才能看清大堡子山的沉浮？
和每一块岩石相比，人是多么易碎
转眼间，我们就成了落单的姓氏

两千年究竟有多长？从大堡子山出发
东进的队伍还没有来得及回头
就只剩下苍凉的记忆和西向的坟堆

那些驮运过帝国的马匹
如今只是一粒粒生僻的汉字
蜷伏在字典的注释中
没有了它们，所有的繁荣
都只是荒芜的另一种解读

悠悠西汉水，茫茫盐官川
没有等待，也没有谁归来
引以为荣的历史
只是一支遗落草丛的瘦弱马鞭
和一座荒僻土丘的相对无言

生活还在继续

麻木的人，是否心脏都会长错地方？
1992 年，肩扛钞票的人就守在山坡
等掘墓的人从黄土下挑选出金子、玉石和青铜
对于那些精美的陶器和沉睡的尸骨
要不砸碎要不掷下山坡
我真不知道，那个拄着镢把小憩的人
脚下踩着的头骨是不是来自他的祖先

无数器物就此随着疯狂的贩运流落海外
有的却随自身的殒命永远带走了大秦寄存的秘密
谁能相信，精美的金箔饰可以论斤卖
（每克的价钱尚不足 60 元）
谁又能相信，绝伦的玉雕可以论袋卖
（一蛇皮袋子也不过几百元）
伟大的襄公是否知道
他尊贵的血统只给自己孕育了无情的掘墓者

大堡子山喊过疼吗？
分赃不均的人都在大打出手
可唾手可得的钞票
对于贫穷的日子无异于一针强心剂
胜似流水的贩运并没有富了盗墓的人
反倒是那些借此查缴的人却找到了发财的捷径

有人从此抽身远去，享受生活

有人从此富甲一方，名利双赢

命运为什么总是宠爱那些卑劣的投机者呢？

大堡子山无法走动

掏空了坚守两千多年的秘密

就赢得了从未有过的轻松和悠闲

叹息吧

愤怒吧

埋怨吧

装模作样吧

生活还在继续

一座被掏空了的山

从此，可以安心来生长那些苹果树了

想到这，掠过大堡子山的阳光甚至有了幸福的眩晕

（发表于 2012 年 7 月《飞天》，并获得"飞天十年文学奖"）

秦之草（组诗）

陶土里的秦

死去的将军住着青铜，死去的士兵住着残损的陶片
风吹他们，满坡的蒿草呜咽

马背上的秦，随西汉水走了
烟一阵雾一阵雨一阵，每一朵小小的浪花
都珍藏着他们金光闪闪的铠甲

辉煌是一种病。水不回头山回头
揭地而起的黄尘里，杀声震天血流漂戈
你，听见了吗？

"孔子西行不到秦"
秦地的风里都有刀子啊
逆风而进，你听，嗫嗫的马蹄掘地
陶土的拳头嘎巴作响，你听！

涛　声

我听见涛声，在裸露的砾石中
在倒伏的草丛间的残陶里
在一具泛白的马的骸骨上
在裹挟着落日的那片红云里
愤怒的，疯狂的，粗暴的，残忍的
涛声，一波高过一波
一浪吞噬一浪

风，时时撕扯我倾听的耳朵
一片片的血肉，像落叶一样弃我而去
弃大地而去。只有涛声
灌满我又冲刷我又抛弃我
黑夜无边啊涛声无际
千年的岁月卷过来又铺开去

今夜，在西汉水的砧板上，涛声锻我
如锻一枚锈迹斑斑的老月亮

青铜鼎

风吹不动，青铜的心脏在跳

雨冲不走，青铜的心脏在跳
土埋不住，青铜的心脏在跳
两千年的时光席地而坐又卷土重来
帝国何在秦何在

青草绿过也红过
西汉水沸腾过也呜咽过
涉水逐日，太阳的坩埚里盛多少勺热血
才铸就帝国威仪如尊？

指石为玉掬土为铜点草为国
秦，坐下来就不走了
风吹，磬声悠扬；雨打，钟声恢宏
只有盗墓者的洛阳铲，轻轻一点
它，才会拔地而起愤然斥责

太阳炙热依旧，青铜光亮如新
谁是谁的心跳，谁又是谁的脸庞
残陶知道玄机，只对风雨闪闪烁烁

一匹马，在梦中出现

一匹马，在黑夜它是纯白的
在白天，它是黑色的
风吹来，它又呼呼地燃起火焰

在山顶，它通体布满闪电的枝条
在河谷，它以梦的样子低头走远

岁月有多深
咻咻的嘶鸣藏在风中
而西汉水流经千年，生生不息
叫秦的草，年年绿遍河谷

嘚嘚的蹄声由远而近
月光四溅，怎能只是青草无眠

大堡子山

大堡子山沉睡秦醒着
秦沉睡大堡子山醒着
大堡子山怀揣一个隐居的帝国
端坐悠悠岁月
你不开口，过去只是一个谜的漩涡

满坡的草知道，它们不说
草丛间的陶片知道，它们也不说
疯狂的洛阳铲无知，却点了现实的死穴

西汉水也会干涸
花开无人知，春天只留下一片残叶断柯

2008. 2. 27

他们追赶着太阳来到西垂

刺目的是金子不是太阳

太阳只是驾驭着自己的光芒驱驰

奔赴那苦难的泽国

鱼儿学会了沉默，穿起了遁水的袈裟

老虎遍体奇痒难忍，无法脱下着火的皮衣

先民们一路走来，站在蟠冢山顶

南归的雁阵正用叫声把落日别在天边

请不要埋怨黑夜漫长，太阳需要喘息

你看，她的每一片光芒都停歇在西汉水冰凉的浪花上

大地苦难，金光闪闪

这是第一次，他们用自己疲倦的骨头

把祖国书写得如此辽阔

这是第一次，他们用自己的影子

拴住了奔突的太阳

他们集体跪倒在泛滥的西汉水里

用一束枯草，留住了光

他们让自己的裸体长满鸟的羽毛

为了那些在山顶嘶鸣的野马

他们却在自己草棚周围撒下草籽

并在石头的嘴边寻找长膘的盐
向西，向西再也无法前进
黑夜是一堵墙，他们就靠着墙脚停下来
怀抱火把，迎接边地的第一次日出

河　流

嶓冢山已经被时光掩埋
可漾水没有消失
我说的河流从嶓冢山逶迤而来
经过大堡山就叫西汉水
一路向西，他或许还有别的名字
可我只说流经大堡山的那一段

如果河流是奔跑在时光中的大树
我只说那大树最末的根须
以及附着在这根须上的盐粒、马匹
和那生生不息的紫花苜蓿

那曾经兑换过丝绸和青铜的马匹
是西汉水最优秀的孩子
成群的马匹被紫花苜蓿淹没
又被西汉水和它充沛的盐分高高举起
红色的叫骍骝，黑色的叫骊或者骐
浅黑带白的叫骃，紫色的叫骝
黑毛黄嘴的叫骟，黄毛白点的叫骠

还有青白相杂的骓、骢

如今他们都隐藏在这些斑斓的文字背后

像蛰伏着的闪电

像西汉水隐藏在石头里的涛声

我寻找他，就得沿着悲壮溯流而上

经过一块块荒芜了的土地

经过一座座血腥的肉联厂

经过祖母浑浊的眼神和眼神深处的神秘闪电

我才能走到西汉水的源头走到浪花的中间

走到风和闪电中间

西汉水，那个手提鸟笼肩担苍鹰的人是谁

他为什么要在马群中间侧耳倾听又不停走动

他是驵侩还是伯乐？

那个手执长槊身穿铠甲的人又是谁

他为什么要带着浩浩荡荡的马群东进

又把思乡的阴魂托付西去的流水？

盛产水盐的是卤城埋藏箭镞的是祁山

随大军含泪西迁又在月光下悄悄返回故乡

是神秘失踪的西垂

西汉水，一路走来

风吹，草动，是得胜的军队在月光下凯旋

（发表于 2010 年第一期《兰州文苑》，2009 年第七期《南方》选发）

我的家园我的秦（组诗）

家 乡

让一万座山缠绕我的陇南
让十万座山缠绕我在陇南的家乡
我的赤足还会踩上那群山的锯齿
轻轻推开牵牛花缠绕着的篱笆

纵然一万座山不长树
纵然十万座山不长庄稼
我还会把比金子昂贵的血
雨点一样滂沱的汗水洒向她
让一万座山站在我的血中
让一万块贫瘠的泥巴开出生命的奇葩
让十万座山来到我的命里
我会用十万块拙劣的石头
雕出面对命运的坚忍不拔

一万座山喋喋不休　深夜来到我的梦里
十万座山沉默不语　黎明站在我的床前

（发表于 1996 年 2 期《飞天》）

赤土山

庙门的红，是向善的地毡
殷殷的颂词中，朝拜的露珠
闪闪

明月静美，打坐参禅；
山寺肃穆，钩心斗角。
小路上，晨练的人，在草枭的大眼睛深处消失

早课的钟声，唤醒自由的鸽群
晨光中，一片幸福的慌乱。

山门多有兴替，旧梦少有重修。
赤土山摊开的手掌上，西汉水是大梦初醒的闪电

（发表于 2009 年第四期《飞天》）

西　山

像一把老式的太师椅子
每一个风水的穴场上，都亮着
亭子的红灯笼

每天，总有人沿着山路走上去
踢腿，打拳，吊嗓子，流下大片的汗水后
又甩着手臂下山

西山和生活的关系是：一座山坐着不动
而一条路
总在出汗

一些汗珠下了山
就不见了
而有一些，还得迎着阳光走上来

2014. 7. 22

(发表于 2018 年《延河诗歌特刊》"本期力荐"栏目)

永远的松树林

永远的松树林在目光的另一端
被阳光钟爱

无数的人　到过它涌动的翠绿深处
也到过它藏在巨大皱褶中的庙宇
并把祈愿系于钟磬　随风放逐

松树林因此并不遥远
归来的人一次次为我描述
山峦如何被风吹动
清流如何漂洗浮云的轻纱
我便抬眼遥望窗外
并把他们动情地描述
视为衔玉之鸟　　视为击石之波
而我对它的拜访却屡不成行

一次次爽约
一次次预订明天的梦想
当风和日丽的行期终于到来
我却再也没有了践约的兴致
到过松树林的人　除了瞬间激动
便是久久的平静与日趋清淡的回味
而我却把他们带来的点滴
酿成灵魂的佳醅深藏心中

当人们再次为我谈起松树林
我微笑着深默不言
我深信真正的松树林
他们谁也没有到过

西汉水

我甚至不愿写下这个题目：西汉水。

当她衰老、破败、污浊、苟延残喘，但我要日日经过

经过她恶臭的气味、堆满河床的垃圾、无数个坟堆一样的

取沙坑，以及浓汤一样乌黑的流水

但我不得不写下：西汉水。写下"蒹葭苍苍，白露为霜，

所谓伊人，在水一方"：那曾经的温婉、纯净、丰盈，以及

穿过树林和村庄时的欢笑，以及千年来传唱的诗歌之水爱情之水……

那时的天是蓝的，空气是甜的，西汉水俯下身子就可以喝下去

大地和我们的贫穷和我们的爱一样干净一样纯粹

但彼时欢快。依着西汉水就像依着年轻漂亮而且温暖的妈妈

我们吮吸她歌唱她爱她，我们有时是雨丝，有时是小鱼，有时

是岸边的牛羊或者草木。啊，西汉水，太阳晒黑的裸体

又被你清洗、浇濯、滋润、搂抱着，像是一生情感的源头

但我们遭遇了后来……西汉水，像遭遇了时代一样

后来，我们遭遇了伟大且深陷其中

我们总是被伟大裹挟。被伟大时代的呆滞茫然、枯槁绝望裹挟。

一次次目睹强暴而袖手旁观，乃至参与其中……

西汉水，写下你的名字就好像用刀在心上刻下我的墓志铭：

"万物都替我死过，我只有独享屈辱！"

西汉水，爱会枯竭吗？会咆哮吗？会沿着眼眶流下来吗？

天必将变蓝，水必将清澈，爱也一定会像洪水荡涤伟大时代的茫然

我，也必将在水边栽树水里养鱼，沿着被水滋养的田野
把爱过的事物，重新再爱一遍

(入选《2016 年红高粱诗歌奖获奖作品集》)

栖云亭

一朵云，独自出现
照见天空的高和远
一朵云，独自出现
照见天空的蓝
一朵云，在上升的途中
感到了冷
一朵云，在前行的路上
遇见灰尘

一朵云，努力白着
却被心事染蓝
一朵云，懒洋洋地
风行的大地
却永远在追赶

一朵云，不是一朵花
风吹，她也许会散去
四野的山峰
却都想将她插在头顶

一朵云，像凭空绽放

花的笑脸

一朵云，像山峰吐出

悠闲的烟圈

一朵云，像天空捉摸不定的

心跳

一朵云，你想留住她时

她却要飘远

一朵云，飘行在眼中

变幻在心上

天，因此显得充实而丰满

（发表于《轨道》诗刊 2011 年上半年卷）

波月亭

秋水煮明月

风声斑斓

风从松林峡进出

这过时的班车

永远搭载着新鲜的乡愁

西汉水没有返程的票

许多人进城

就扎下了根

一个人就是一眼望乡的井
时光的砖块
垒筑着井壁的高度
也深藏着内心的落寞

想家了，就绕过赤土山
在虫声簇拥的茅舍旁走走
可千万别掀开记忆的井盖
秋水明月
烹煮的永远是梦的残波

(发表于 2010 年 6 月《星星》诗刊"文本内外"栏目)

时雨亭

我要黄昏后落在芭蕉叶上的
我要半夜时停在杏花枝头的
我要离别时打湿乡村酒旗的

我不要泥沙俱下的
也不要汪洋恣肆的
更不要缠绵悱恻的
我只要润物无声的
只要点到为止的

只要掩卷而泣后破涕为笑的

我要适宜倾听的
我要便于凝眸的
我要随手能带走想念时可以端详的
我要清醒时醉去
又在沉醉中醒来的
那几滴
那一霎
那一阵……

(发表于2010年6月《星星》诗刊"文本内外"栏目)

承露亭

如果你执意要落下来
我就是处子的手掌
捧住你的破碎

如果你还要沉睡
我就是初涉尘世的嘴唇
焦渴，并静静等着……

三间房大的尘世上
醒着的那一颗
亮晶晶地垂着

永远不要落

晴雪亭

渴望一场雪
掩藏来时的脚印
渴望一场雪
让迷失的心找到回家的路
渴望歪歪扭扭的脚印
都飞到高空去
让阳光照见它闪光的另一面

雪晴了，阳光就能找见梅花
找见那一粒粒
被时光深藏
又被大地捧在手心的
心跳

山丹花

山丹花盛开，其他的花就会暗下去。
山丹花开在山洼里，周围的野草，给了她足够的敬意。

每一次见到山丹花，我都会想起一个人，和他写的一首诗：

一从弱质委青荒，

唯将芳心对茫茫。

细腰朱颜着急雨，

且流红泪且流香。

这是一个乡村教师，平生写诗无数，临终，却付之一炬。

只有这一首，人们口耳相传，留了下来。

每次看到山丹花，我都会想起他：

一个已经不在人世的乡村教师。

活着时，我们未曾谋面；死了，我们却在一株山丹花上相遇。

记住他时，就把我忘了吧。

2016. 7. 23

（发表于 2018 年《延河诗歌特刊》"本期力荐"栏目）

月下，在法幢寺

发了财的，在月下诵经

升了官的，在月下诵经

生了病的，在月下诵经

他们的虔诚和茫然一样坚贞

唯有绝望的人，和月光一起迷恋着无际

法幢寺的僧人也在诵经

诵经的声音，和法堂上居士们

偶尔的鼾声一样，穿过田野上的玉米林

穿过西汉水柔腻的波光

泊在对岸的村庄

村庄在我的心上

村庄在痛苦的中心

月光，让这一切变的绵长而动荡

2013. 8. 22

（发表于《中国诗歌》2015 年 2 月"头条诗人"栏目）

西山漫步

1
花朵枯了
美，并没有凋谢

爱她，就停下来
用心注视她枯落了的花瓣
此刻，她的美舒展、轻盈、温暖
像风一样，贴着大地

2
花蕾在枝头喧闹
早晨的阳光适合她们
生命总是这样，攥紧小小的拳头
不停击打寒风
最后，又在恣意的舒展后
被风吹落

没有一株小草，会在枯落时抱怨
一生如梦

3
有些树木的枝条遭受了斧子的砍伐

朝着庄稼的一面已经断折

垂下崖壁的一侧，还连着树干

但春天，它们还是开满了花朵

似乎更加灿烂

大地上，没有一株树木轻言放弃

也没有一个枝条，因为抱怨而拒绝花朵

如果它枯死了

那一定，是它已经无路可走

4

对于鸟儿来说。高高的枝头

比宽阔的大地更加重要

如果让鸟儿停止歌唱

天空就会暗淡

而鸟儿每天飞上枝头

都是为了拯救这个犹疑的春天

5

花朵盛开了，多么好！

一面坡的温暖，都被扶上了枝头

花朵盛开了，多么好！

人们终于忽略了老枝的丑

而把赞美献给了花朵

6

半山腰再次见到牧羊人
他的羊羔已经长大

我曾担心，仅靠枯叶果腹的羊羔
会在冬天冻饿而死
当我说出我曾经的担心
牧羊人笑着回答：羊羔的事情
会有母羊操心

是的，冬天
从来没有冻死春天

7

穿过大片的花林到达山顶
山顶上依然一片苦寒

空无一物的山顶上，风把一切都吹走了
深渊般的蓝天下，铁青色的山梁如初世
我爱着这被欢闹遗忘了的世界
爱着这头顶的空和身边的静
爱着人世的繁华终于远去
每走一步，都留下了自己的足迹

8

阳光终会对这一面山坡带来生机
花朵的潮水会泛滥

春天会像风一样，转眼远去
可一生，怎能和一朵杏花相比？
她有坐在枝头，心旌摇荡的日子
接受阳光的宠爱，又结出果子
而我，也许只是一枚叶子
在一次次的心碎中，等着秋风……

9
明灭的，花朵的面孔
浮现，又消失在黝黑的枝条上

赏花的人走了
风，把碎了的心拢起
又吹散……

2016. 3. 26—31

（发表于2018年《延河诗歌特刊》"本期力荐"栏目）

洮坪行吟：低处的光阴

赶早出门，遇见阳光

赶早出门，遇见阳光
就遇见了一天的好心情
如果我只是想去透透气
却在水边碰见了喜鹊
这便是一种惊喜

青草躲避踩踏而茁壮
这可都是尘世上的良民
面对碧翠弯腰
哪怕是石缝里的一朵谦卑
反哺的也是太阳的深恩

鸟儿出双入对，迷恋低矮的屋檐
这怎么能说它们胸无大志
隐隐的枪声和炮声
也不过是争夺一片瓦的安宁
拥有不是挥霍的理由
如果给你翅膀

你还会想着回来吗？

天空辽阔，可它并不是雄鹰的家
浮云走得够远
可它潮湿的心，一刻也没有忘记对大地的承诺

我坚持用爱和自足
把这漫漫人生中短暂的幸福
串起，它们便都会放出光来

（发表于 2011 年 2 月《飞天》）

山　行

沿着一条山路
我把自己搬运到山顶
这样，早起的太阳
会首先照亮我经夜的心

曲行的山路，起伏跌宕
又要穿越一片幽暗的树林
这最是不同于我庸常的日子
沿途的花草和头顶的鸟音
都有真实的含义
为什么一定要把路修得像匕首？
为什么一定要把彼岸搬到眼前？

我不要捷径，也不要加速度

我需要轻微的喘息，来抬高肩头的日子

生活在低处，而梦

在一个需要时时晾晒的地方

沿着山路，我把它搬上去

（发表于 2011 年第 11 期《星星》诗刊）

在大堡

在大堡，春天似乎都朝着山顶奔跑

麦苗青青的河谷像一张桌子

两岸峰头，正通过水声和鸟鸣对话

阳光满山都是

可它们似乎都在赶乘流水的列车

进山的路和出山的小河有明显的抵触

在大山拐弯的地方

它们却纠缠在一起

春天让万物都有了各自的想法

桌旁沉默的青山，并非有很深的城府

它们看清了一切却毫无办法

不能让流水把春色全部带走

山脚下，几个低头劳动的人

像几粒黑色的纽扣

他们长时间弯腰不起，好像在和整个春天较劲

（发表于 2011 年 2 月《飞天》）

他牵着牦牛走进春天

一个和春天有着同样年龄的孩子

牵着一头牦牛沿河谷走进来

我回头看他时

强烈的阳光正从他的肩头散射开来

这让我甚至无法看清他的母亲

手握柳枝，远远地跟在身后

有个孩子走进这春天的河谷

就足够让满河谷的阳光慌乱

何况他还牵着一头老虎样的牦牛

何况他的母亲还手握嫩绿的柳枝跟在身后

很快他们就经过我向更深的河谷走去

我相信河谷更深处有他们的家

我在他们走远后悄悄尾随

他们并不知晓

就像我并不知晓在我尾随他们时

春天，和我一起，已经被一个孩子牵着
在这深深的河谷迷了路

（发表于 2011 年 2 月《飞天》）

在春天的河谷路遇童年

我相信，是一只鸟儿安排了这次会面
要不，他们不会有弹弓
他们不会也像我多年前一样
追着一只鸟的歌声一路前行

其实，他们并无杀心
他们只是和我小时候一样
想把那好听的歌声握在手上

河谷开阔，流水洗净了丑陋的石头
却永远洗不净那些粘在脸上的泥巴
我碰见他们时
他们的心早就随着那只鸟儿的歌声飞远了

（发表于 2011 年 2 月《飞天》）

路遇小路上走读的孩子们

他们结伴行走在春天的小路上
山风时时揪扯他们的衣角
但他们并不感到生气
而是挣脱纠缠向前跑去
并愉快地回过头来

我知道他们这是要去干什么
肩头的背篓，背篓里的干柴和洋芋
以及粗布缝制的小书包
早就泄露了他们小小的秘密

他们年龄大些的有十二三，小的只有八九岁
这样的年龄
和他们鲜艳的衣服一样容易识别
一样容易被沿途的山风钟爱

他们结伴行走，并不聚在一起
而是三三两两地跟随
遒曲的小路驮着他们在古老的大地上袅动
就像一条缀着花蕾的老枝条
在走向春天的路上，被风吹出了幸福的姿态

（发表于 2011 年 1 月《诗刊上半月刊》）

被洗净的流水

八十岁的年龄，跪在河边的石头上
石头也会喊疼吗？
这是我路过她时，产生的想法

但她对我的想法开怀大笑
我看到抬起头的她，也有流水一样多皱却清澈的脸庞

她哈哈笑着说，你看我老吗？
我看见绸缎一样的流水被她一次次打成好看的领结
又在洁净的石头上舒展开去

在她的身边，有几个玩水的孩子
也被我的想法逗得开怀
他们一边叫着"太太、太太"，一边大笑着弯下腰去

蓦然，我感到自己的想法是多么唐突
水流千年，谁又见过他的疲倦呢？

阳光下，八十岁的老人继续在漂洗着清澈的流水
满河谷的石头就和我一样，有了想飞起来的冲动

（发表于 2011 年第 11 期《星星》诗刊）

洮坪河的水

洮坪河的水，流到大堡
就返身拦住了跟随的村庄和森林
但河床上的卵石没有停住
一块卵石就是一个羞涩的秘密
在浪花中它会翕动起舞
在岸上则矢口不言

在此之前，洮坪河的水
只是经过了森林纵横的枝杈
和几条幽深的河谷
可过了大堡，一座接一座的水电站
就加快了它长大的速度

也许它并不知道，河水流过红崖
就开始叫作西汉水，再向前
就叫作白龙江、嘉陵江，乃至长江
可它知道，在出山之前，如何用干净的浪花
把跟随的卵石孵化成呆头呆脑的鱼群

这是一条河最隐秘的心事
每年五月，鱼群会在月光下溯流而上
跳跃一座又一座的翻水闸
到达洮坪河的源头

可沿岸的人并不捕食这些长大了的流水

这是一条河捎回来的最好家书

它告诉沿岸的亲人，洮坪河

走着走着，就长大了

（发表于 2011 年第 11 期《星星》诗刊）

裸　棺

如果死去，大堡的崖缝里应该是灵魂最好的寓居之所

天晴，可以随湿漉漉的晨雾一起到山顶去

天雨，则可以乘着流水去山下的集场

劳作惯了的人，就是死去

也会时时坐起身来，看看作务了一生的土地

有时，他会是歇耕时身后递来的一支烟锅

有时，他会是晚归时锄头上停歇的一只蝴蝶

可世界不会响起棺木开合的声响

在大堡，人们总是将亲人的棺木

安放在抬眼就能看见的地方

就像是给死去的亲人，修了一座高于尘世的庙堂

（发表于 2011 年 2 月《飞天》）

眺　望

日复一日
我只看见头顶的云朵和堆在天边的群山
我试图，要用我的眺望
将他们全部推开

山后面是什么？
云朵，又去了哪里？
我这样想着，我这样望着
我似乎就听到，群山嘎嘎扭动的巨响

（发表于 2012 年 1 期《文学港》）

秋　雨

秋雨，守在八月的路口
在你经过时，用轻柔的爪子蹭你
用绒绒的毛发蹭你
用咸湿的嘴唇蹭你

你感到了凉，在脖颈
你感到了湿，在双唇

你感到了痒，在心头

当你觉着冷，她已经转身离去

(发表于 2011 年第六卷《中国诗人》)

河　乌

湍急的流水旁河乌把巢建在花枝上

浪花开上石头阳光朵朵摘取
夹岸的山峰被水袅动
激水的河乌就是那个在水流中种花的人

(发表于 2012 年 1 期《文学港》)

银　杏

在早晨的阳光中
银杏树在自由地呼吸
我从她的身边经过
能听见每一片叶子令人兴奋的心跳
我甚至听得见，脚踩上她时发出轻微的抱怨
阳光并不可爱，可爱的是她让每一片叶子

都有了心跳

（发表于 2012 年 1 期《文学港》）

野山棘

野山棘有着血珠子一样的果实
这卑微的生命贴着大地生长
秋风吹硬了他的骨头

每年秋天，野山棘都会占据山坡
广阔而动荡的红，呼应天空的深邃和蓝
倔强的童年啊，走动在他们之间
瘦弱却鲜艳！

（发表于 2012 年 1 期《文学港》）

车子走着走着，就停了下来

再也没有可以放弃的东西了
我们的车已经卸空
鞭子和牛
都已经老去

只有阳光和墙

还在坚守最后的一抹温暖

但他们，也都累了

云飘在头顶

草青在路旁

但我们，已经没有了远方

（发表于 2012 年 1 期《文学港》）

低处的光阴

向下的手掌，如果再也翻检不出什么

某一天，我会翻过来

把握了一生的命运摊给天空

不是乞求

也不是放弃

我只是静静等待着

干枯了的树叶

或者雨滴

或者稀疏的阳光

落下来

我也曾双手合十

为混乱的日子寻找出路

但现在不了

现在，我只要并拢十指

让一切消失慢下来

生活啊，你曾经给我那么多

我却只留住了现在

（发表于 2012 年 8 月《星星》诗刊）

上坪草原

    上坪草原地处礼县城西 100 公里的上坪乡境内，与宕昌县接壤，是我县的旅游胜地，我心向往久矣。29 日在招待所偶见一马场风光照片，景色旷美，心驰神飞，写成此诗以表渴羡。

——题记

青草聚为海洋的地方

野花开成铃铛的地方

风把大地吹弯的地方

羊群飘为浮云的地方

长鬃披垂的母马

泊于露珠的心上

浓雾飘为奶香的地方

阳光铺成金色赞歌的地方

幸福的幼马绽成芭蕾的地方

风吹草低

现出大地圣洁的乳房

目光被风举起
马蹄叩响心键
脸庞红紫的卓玛
手提奶桶　撩起了她大地深处的毡房

红崖电站

二十年前，我扛着铺盖来到红崖电站
三年之后，我迫不及待地离去
甚至不愿再回头看一眼日夜轰鸣着的红崖电站

红崖河，为了 800 千瓦的电量
柔弱的流水，用 60 米的落差
推动巨大的涡轮以每分钟 1500 转的速度飞转

800 个千瓦，就可以转动沿河的四个磨坊
点亮一千多户人家 15 瓦的灯泡
800 个千瓦，也养活全厂 33 个职工
和年轻的老站长公斤级的酒量

在涡轮机巨大的轰鸣中
嗜酒如命，又辄饮必醉的班长
用他暴突的眼睛和乌紫的脸
教我区别正常运转和飞车的声音

教我如何在脱网之后快速按下解列的按钮

可他总是不能给自己瘦小的妻子兑现曾经的诺言

他甚至在醉酒后，被人当作尸体推进院子

醒来，又独自踉跄离去

可我不知道他现在过得怎样

外出打工的妻子是否还惦记他

长大了的女儿是否也在城里上学

我只知道在我离去的日子里

红崖河日渐消瘦，以致

只能在丰水期转动那业已老化的涡轮机

去年有人上访，我才知道红崖电站

已经被廉价卖给了外地商人

原有的职工集体下岗。

这一切程序合法，不能翻案

为什么，腐败的账单一定要那些无辜的人来埋呢

如今想起，我却深深怀念二十年前的那段日子

二十年，足以让年轻的生命老去

记忆却是如此崭新

无数个休班的日子里，我们以牌赢酒

半醉时，跳下红崖河的激流，摸出尺把长的野鲤鱼

无数个上班的日子里，我们集体清理拦污栅里的柴草

打捞出失足的兔子和刺猬

二十年。二十年后的红崖河

不再养活肥硕的野鲤鱼，上游泛滥的金矿

让那清冽的河水饱含致命的氰化物

二十年后，红崖电站也不再养活 33 名职工

年轻的老站长在失去他乡下的妻子后

一个儿子在外打工时精神失常并走失

一个儿子在上杆作业时被电流夺走一条胳膊

如今，他只能充当一名年轻的小工

替别人架线谋求自己的一日三餐

我不知道，上了年纪的他，酒量是否依旧

醉酒后，是否还有人为他脱去鞋子

把他扶上寂寞的床……

二十年！二十年后，在涡轮机巨大的轰鸣中

一次次堕胎的那个女人也进了城

二十年后，最调皮的小伙被自己的拳头

送进了高墙；二十年后，那个自负的技校生

也加入了外出打工的洪流。如今，只剩下我

在城市苍白的灯光下，将他们深深怀念

二十年。红崖电站还矗立在红崖沟呼啸的山风中

轰鸣的涡轮机一定还有飞车的声音

脱网后，一定还有人迅速按下解列的按钮

只是，今夜的灯光有些愁惨，有些刺眼，有些

深深的茫然……

2008. 7. 22

（发表于 2010 年第一期《兰州文苑》）

湫山行吟：随风飘落的斑斓 （组诗）

一次性的村庄

离开了，就再也回不去
纵然回去
小路在，背影呢
山坡在，缰绳呢
老屋在，亲人呢
记忆如昨，时间
却是深深的墓穴

村庄啊，当我张嘴喊娘
群山却用它汹涌的悲伤
将我，
深深埋葬

（发表于 2009 年第四期《飞天》）

牵 牛

秋风的篱笆上
只剩这最后的一张嘴唇了
固执的绛紫
有三分的忧伤
七分的倔强

沿清晨的薄霜
顺着藤蔓的缰绳摸下去
最冷的嘴唇，最滚烫

秋天的小树林

秋天的小树林
多像乡下的集市
各种颜色的树叶
在风中喧闹着
我相信
他们一定像集市上的花头巾
有一个快乐的内心

在飘落前

他们是小小的火把

被秋风握着

在飘落后

他们一样

是小小的火把

被爱人搂着

这温暖

大地能感知

在老家的热炕上，我

也能

咬着牙的蒲公英

花，是蜜蜂的

孩子，是秋风的

剩下的，只有疼了

秋风多远

疼多远

但这是一个人的事情

蒲公英咬着牙

春天就在冬天的那边

但她去不了

去不了不等于不能到达

这是一个温暖的秘密

蒲公英到死

都咬着牙

(发表于 2009 年第四期《飞天》)

我在秋天还爱什么

现在，我觉着自己是爱夏天的

我爱阳光下暴晒的半截胳膊

渐渐变黑

我爱低开的胸口下

并不丰满的乳房

我爱她额头上沁出的汗

和鼻孔中灼热的呼吸

我爱她熟睡时

裸露着的那一部分

现在，我又该爱什么呢

是一寸寸深入的冷

一层层扩散的空

还是秋风中渐渐熄灭的蝴蝶

和被寒冷深藏的那一部分呢

现在，我觉着自己是爱夏天的

(发表于 2009 年第四期《飞天》)

秋日山谷

两座沉默的山，是父亲望着母亲
中间喧闹的流水，是渐行渐远的孩子

一切都在沉默中流逝
一切都在流逝中静寂下来

时间喂大的叶子
一片片都黄了，像火
有的却红得剔透，像跳动的心脏

风吹了一遍又一遍，山谷间
只有不息的流走声

一片叶子，轻轻，落下来
疼痛，就掠过每一块石头的心

落叶的咏叹

我的留恋，在空旷中盘旋
久久，久久
终于要落下来

我的孤独，在风雨中弥漫
缓缓，缓缓
终于覆住了整座山

我血的河床，至今还汹涌着热和爱的潮汐
清晰，通畅
迎送着记忆的帆船

我一生的风雨，浓缩于一枚叶子
通透，灿烂
生命的火把，越到最后，燃烧得越是斑斓

但是我没有疼痛
没有绝望的尖叫和呐喊
我有的，只是炫美
和坦然
如果，我落在了你的肩头
请你用手，将我拂开
如果，我落在了你的脚下

请你抬脚，从我的身上跨过去

如果，你执意要将我带走
就请你，将我
夹在你枕边的那本书中
夜夜，照耀你疲倦的睡眠

（发表于 2009 年第四期《飞天》）

秋天，经过一株缓慢旋转的树

红的叶子
黄的叶子
绿的叶子
黄绿相间的叶子
被满树的枝条举着
站在路边
站在路边的阳光下
等我经过

我经过，整株的树就会缓慢旋转
而树枝不动
而树叶不动
它们被整株树举着
站在阳光里
像树穿了一件好看的衣裳

旋转着，让我打量

我只是经过

它只是旋转

可它就这样缓缓旋转着

将根扎在我的心上

风雨不能摇撼

风雨只能让它更斑斓

时光不能摇撼

时光只能让它更好看

我也不能摇撼

我只能在静静的夜里

让它的每一片叶子

都放出光来

像温婉的仕女，举着烛台

不停地，缓缓旋转……

(发表于 2009 年第四期《飞天》)

石上松

它一定呼啸过

一定被梦想涨满过

否则，不会扎根在一块石头的缝隙

否则，不会扎根在一块

像战舰一样的巨石的缝隙中

流水也一定怒吼过

波涛也一定汹涌过

可是，现在它只淹到了战舰的脚面上

一条乡间的小河

怎能承载如此沉重的梦呢？

多少年了，见过它的人一个个都老去

可是，它还是老样子

一副昂首的样子

一副加额远望的样子

攫紧着，并驾驭着

这块搁浅在时光中的战舰

在湫山的河谷里

1

在湫山的河谷里，我遇见了巨大的石头

仿佛是天神之足

踩住了逃散的山峰和时间

在湫山的河谷里，我也遇见了倨傲和无奈

在时间中对峙

2

多少风雨，才能涂抹出一块石头的慵倦？
辽阔的记忆
只是一层薄薄的青苔

轻佻的流水，瞬间就碎了
这类似人间的爱，缚在誓言的腰间

3

不要试着去给一块石头命名
没有什么，能比它们更古老

闭上眼睛，听见流水的声音
睁开，就看见时间的黑洞
从一块巨石漫散开去

4

一切都在酣睡：水中的石头
石头上面轻摇的光
一切，都轻轻地，发出轻微的鼾声

除了那个砍柴的人，缓缓爬上对面的山坡
整个世界，似乎都陷入了短暂的昏厥

5

斑斓的青苔，织出石头的锦绣，一刻不息
这时光的雕镂，时时散发着风雨的清香

和绵延的心动
而在石头的伤口上
一块运往山外的地板，得到了堕落的快感

6
和一块慵倦的石头相比
谁又是匆匆的过客？

水流旁，爱照镜子的野花只为出走而妖冶
攀上了青苔眺望的小蜥蜴
却在茫茫中看到了忧伤

7
山坡上，吃饱了青草的牛儿来到水边
它在饮下一块石头的倒影的同时
也饮下了眼里的迷惘

为什么，能和一块石头称兄道弟
却留不住一只娇小的蝴蝶翩翩远去的翅膀？

8
走着，走着，就想停下来，晒晒太阳
也晒晒内心的疲累

流水无言，却带走了大地上游走的章节
而乌云绝望
走着，走着，就走到了两手空空

9

湫山，一个普通的名字被记取
只是这些远涉苍茫的巨石驮载着神秘在此歇晌

沿途醒目的标语，标记着一个时代的轻薄
而贴了瓷砖的瓦房
却让湫山在巨大的危险中晃荡

10

我热爱过的生活，在远处被重新热爱
剩下的，只是一颗苍老的心和记忆

生活收回了所有赐予，却给了我俯视的时光
这时光，薄得像冰，锋利得
像蜇针

11

终于云破，终于日出
这是一个让人心碎的时刻
天蓝得像梦，却落在了石头的心上

阳光寂然，鸟儿凝神
走在路上的人都忍住了泪水

12

注定，我要在荒芜中读出跌宕
注定，我要在起伏中遇见忧伤

如果，我也是那个靠着土墙打盹的人
如果，我也是那个在鲜红标语下陷入凄凉命运的孩子
这一切，又和一个过客有何相干呢？

13
湫山的河谷里，时光忽明忽暗
古老的栴檀树，至今还长在新庄村的古庙旁

路过一生中的那些慵倦，一条小河庆幸清澈
一群石头庆幸寂寞
而我，又该庆幸什么？

2011. 11. 18

(发表于 2012 年 11 月《诗刊》下半月刊)

蒋寺小学（组诗）

蒋寺小学

一座山，从大地上站起来
蒋寺小学就在大山举过头顶的手掌上

泥墙上的窗户没有玻璃
满山的绿就顺着窗口流进去

泥墙上的窗户没有玻璃
一屋子的春色就从窗口流向沟沟洼洼

泥墙上的窗户没有玻璃
沾满泥土的普通话
就惹得窗台上的牵牛花前俯后仰

风吹来，一片琅琅的读书声
雨打来，一片琅琅的读书声
风雨中，春色就从蒋寺小学起程
溜下大山的手指，漫淹十万大山的荒凉

（发表于 2007 年 2 月《飞天》并获《飞天》"甘肃水电杯"征文大赛优秀奖）

半截钢轨

半截钢轨，沉睡远方和汽笛
迎风敲打，它们就一一醒来

半截钢轨，悬挂在校长的屋檐下
就是全村最好听的声音
就是全村最不容抗拒的召唤

也许，没有人在乎它的来历
却没有人不在乎
埋在它响声中的东西

不只一次，孩子们用稚嫩的手
抚去它表面的绣
将耳朵轻轻贴上去
他们就能听见火，和速度

校长说，半截钢轨，跑过火车
每个孩子，就有了一颗
呼啸的心

半截钢轨，悬挂在校长的屋檐下
孩子们听着它，渐渐长大

（发表于2007年2月《飞天》并获《飞天》"甘肃水电杯"征文大赛优秀奖）

山坡上的读书声

风吹弯的山坡上，放学的孩子在读书
青草浸着他们的身子
野花捧着他们的脸
蝴蝶们飞来飞去，追逐那些漂亮的句子

他们只是一群乡下的孩子
坐在大地的课桌旁
朗读春天的课文

山风吹过来，吹过来
青草的波浪渐远渐无穷
几只掠过山梁的鸟儿
争抢天空的一缕白云
而天空正蓝一块干净的窗玻璃！

春天何其美好！
风吹草低，现出他们胸前的红领巾
一丛冉冉的火苗，被风读出了琅琅的声响

（发表于 2008 第二期《兰州文苑》）

河畔上

河畔上的孩子，和卵石混在一起
要不是他俯下身子
汲饮清澈的流水
我真以为他们就是几块被河水洗净的石子

他们双手着地，支撑住汲饮的身子
清澈的河水，就托住他们黝黑的脸庞
这多像两块相互吸引的镜子
阳光照过来，黑宝石似的眼中
正闪着春天羞涩的光芒

有的已经离去
有的正朝着河水跑过来
有的正在用清澈的河水灌满自己的水桶
此时，上课的铃声响了

站在河畔，我终于明白
远处琅琅的读书声，何以如此青翠

教室外的孩子

在她的眼中，春天是忧伤的
尽管只隔了一扇窗子
她，却不能像其他孩子一样
背起手来，坐到宽敞的教室里

她只能踮起脚
吮吸那些飘出窗户的句子
她甚至怨恨那个顽皮的孩子
低下头玩弄手中的铅笔

春天马上就要过去
她背上的孩子却还在沉睡
她甚至不清楚，明天
自己还能否踮着脚站在这里

站在教室外的孩子
她背上的重量，就是春天的整个含义

黑板上的错别字

黑板上的错别字

我发现时只有两个

发现了，就擦掉重写

如果我不来，它们将一直错下去

黑板上的错别字

就像米饭中的沙子

发现了，就将它吐出来

而更多的孩子，却只能将它吞下去

因为，这是偏远的村学

因为，乡下的孩子太饿

（发表于《星星》诗刊 2007 年 6 月）

野瓦河

野瓦河，漂浮青草和野花的梦

漂浮飞鸟和走兽的梦

绕过叫白河的镇子，向西又向东

野瓦河，为沿途的坎坷准备好翡翠的浪花

野瓦河，用一世的清纯向沿岸汲饮的嘴唇致意

野瓦河，今夜的虫吟

与野花和青草同睡一张床子

野瓦河，今夜的山风

与飞鸟和走兽同盖一张被子

野瓦河，涛声起处
石头也变成了星星

（发表于《星星》诗刊 2007 年 6 月）

故　乡

故乡，曾经是许多青葱的姓名和约定
杏子黄时，和黄二狗一起去打猪草
（他能爬树，可以摘下甜甜的杏子）
西瓜熟时，和李兰州去他家的菜地
（河滩上有他家的二亩西瓜）
树叶落时，和黄心蛋到小树林扫落叶
扫不到时，就抱着树干去摇晃
（树叶烧热他家的土炕
就可以听他婆婆永远也讲不完的古今）
学校放假，就和赵永军去后坡上放牲口
（他家的大黄能逮兔子
他还会用绳子穿着的玉米粒
捉住偷食庄稼的呱啦鸡）
过年了，就和李东红一起穿姐姐穿过的新衣服
（他家的皮影戏是在他家的炕头上演的）
……

后来，故乡是一个好听的名字

和一个羞涩的秘密

直到多年后，一串呜咽的唢呐

娶走了王二丫好听的歌声和忧伤的泪水

（可是，我家的黑马总爱和她家的白马

一起低头吃草

这让我一看见就伤心……）

如今，故乡

就是我梦醒时的一声

——轻叹

（发表于 2008 第二期《兰州文苑》）

高原上的旗帜（组诗）

高原上的旗帜

在海拔升高的地方，如果连青草也显得珍贵
那满坡新垦的荒地怎能不是触目惊心的伤口
如果在播种希望的地方，连飞鸟也无法驻足
那种进土里的是什么，收获的又是什么？

在一个男人的一生中删去梦想
充满悲叹的身体比石头还要沉重
在一个女人的一生中删去爱情
天空，也不过是一方被山风吹皱又捋展的头巾

恒久的荒凉凝固成命运
无尽的悲伤与贫穷又旋转成悲壮
草坪，在笑容枯萎之后
那迎风招展的又是什么？

2004.4.13 草坪

（发表于 2004 年第四期《火种诗刊》）

红头巾

红头巾，开在崖畔上，并不是一团诱人的火。
山风吹过，她们就会凋谢。
你看，红头巾向着远方的双眼
多么深，多么蓝！

一朵一朵的云，经过她们的头顶时停住
又汇聚成伤心的泪水
可远方，就是把一生的无奈从后山嫁到前山吗？

大地不曾停止旋转！
在指纹样的漩涡中
卑微而烂漫的心事一闪而逝
红头巾，就显得尤为苦短

2004.4.11 铨水

（发表于第二期《中国当代诗歌》）

卜子坝，一个湖泊的遗址

四面的山，曾以怎样的速度向你靠拢

并高高举起——卜子坝

一面巨大的镜子！

高原的风，拖着轻柔的裙裾曼舞

它在洗净远足的云朵之后

那轮古老的明月，可是高原的心跳？

卜子坝，那些陨落的星辰呢？

在幽会的涉禽将满地月光踩为遍地碎银之后

你这巨大的镜子，又破碎于哪一声惊雷

哪一道利闪？

时光，果真是一个巨大的漏洞吗？

卜子坝，满地清辉漏尽

茫茫苦寒和肆虐的风，又在寻找什么？

2004.4.13 桥头

（发表于第二期《中国当代诗歌》）

在草坪

在海拔三千米的高原做梦

我和满天的星辰睡在一起。

今夜，我没有梦见任何人

我只梦见

一面湖泊埋葬着

所有的星辰！

2004. 4. 10 草坪

（发表于 2004 年第四期《火种诗刊》）

在草坪，一座山要收紧他的肚皮

一座山要收紧他的肚皮

这不是为了好看

一座山要在春天长出些草来

这也不是为了好看

一座山从冬天走出来

却又遭遇饥饿与贫穷

那么，每一次对春天的啃咬又该如何拒绝？

当你目睹了那些为了活着的伤害

当你体验了贫穷和饥饿通过双目直击心脏

至此，也许你会明白

一座山，为什么要一次次收紧他的肚皮

2004. 4. 13 白河

（发表于 2005 年 10 期《飞天》）

计生对象早得

六年前见过他，一个腼腆又健壮的男子
高高的个子，说不多的话
要不是他的婆娘属于节育对象
我真不会知道那么多关于他的隐私

"……她是个浪婆娘。"
早得说时，头低着，脸红得像一张布。
"要不是穷，我也不会讨她做婆娘……"

在那次谈话中，计生对象早得，当着那么多人
吞吞吐吐地，介绍了他的婆娘：
一个不知道羞耻和道德的浪女人
一个既能当街脱裤子
又能向众人比画夫妻生活的傻女人。
六年后，当我再次问及计生对象早得
村干部平静地说"他死了。"

讨了婆娘的早得。
计生对象早得。
在外打过工的早得。
在山西背了几年煤之后
除了赚回一张硕大的铁锨
就是不停地消瘦，无休止地咳血……

等到人们把他枯瘦的身子抬出村子

浪女人又成了早得兄弟的婆娘

这一切，人们都说理所当然

但是，早得至死也没弄清楚

自己健壮的身子，到底被什么吞噬。

2004.4.15 白河

（发表于 2004 年 8 月第三期《中国新诗刊》、2004 年第四期《火种诗刊》）

被药着的傻孩子

也许是一粒错误的种子

偏要赶在春天发出芽来

他哑哑喊着，不停在村庄奔跑

一种单纯的生命

在删掉这个世界既定的程序后

格外健壮

一定要把大地的激情耗尽吗

在他丰富的表情中

阳光。空气。食物。不停闪出光来

他多像一盏炽热的灯

吱吱响着，从父母心头

吸走日益稀薄的光芒

当他躺在医院的急救床上

白色的吊针管子插满手和脚

他还在不停痉挛

年轻却已苍老的父母

紧紧握着他的手

像握着一个即将崩塌的世界

时间，一点点输入他混乱的血管

夜，便在他痴呆的双眼弥漫开来……

2004. 4. 18

（发表于 2004 年 8 月第三期《中国新诗刊》、2004 年第四期《火种诗刊》）

星光之城：寺阁山

早安，寺阁山！

露珠深处
山峰涌动。
你好，早行人！

花香
和鸟鸣
——一对早行人：
一个去挑水，一个去摘菜。

山路上，
他们相遇，彼此问候：
——你早啊！

寂静中，
问候传出去很远，
每一粒露珠，似乎都听见了。

2016.4.30

星空下

世界，终于归还给了弱小的事物：
更轻的风声
更细小的水流
更胆怯的虫吟和蛙鸣

在更低处的黑暗中
它们尽情发出自己的声音
像另一群星星

我感动于此刻，身陷黑暗
却被照亮。

2017. 7. 25

（发表于 2018 年 11 期《中国作家》）

那一夜

那一夜，我们去野外看星星
山野的星星很大很亮，仿佛就在头顶
有时候我指给你看

有时候，我们只是静静看着
风吹着身边的野草
好像整个天空都要卷了起来

2017. 7. 27

（发表于 2018 年《乌江》第四期）

寺阁山顶

鸟在天空掘井，花在风中张灯。

小勺的阳光，大勺的蓝，
风要轻，要细，要匀，
才能涂抹一朵野花的心跳。

蝴蝶鲜衣怒马，是游走在山坡上的美学郎中，
它从树叶的背面
爬上来，用果实
修补梦想。

雾散时，我看到马先蒿，
还在草丛拍手。
它的粉色喇叭裙
和白色长筒丝袜，让她
永远像个孩子。

而鸟，一直在天空掘井。

2019. 7. 5

（发表于 2020 年第一期《草堂》"中坚"栏目）

夜登寺阁山

穿过黑夜的车，类似一只
发光的甲壳虫。从城市的灯火中
游离出来，抵达寂静的山顶：
群峰涌动，坡草明灭。

满天的星星聚拢过来，
真是让人感动的久别重逢。
那一刻，靠在我身边的人，
一夜，也许就是一生。

2019. 7. 6

（发表于 2019 年《诗刊上半月刊》"每月诗星"栏目）

夜晚的山顶上，黑暗也有淡淡的光

不去山顶，我就少了人世间的一次深呼吸。

纵然是半夜，风也会把所有铁青色的山峰吹动。
高处不全是寒凉。这一次，我是站在了星辰的面前
倾听细碎的光芒谈论黑暗

啊，即使黑暗，也有着淡淡的光。

2016. 5. 15

（发表于 2018 年第四期《野草》）

山　梁①

堡子的城荒了
风，就拆它的墙
荒草，就占领它的窑洞

头顶的天空

---

① 西北的山梁上，多筑有城堡，均为当地村民躲避兵匪战乱所筑。现大都颓圮。

蓝得没边没沿

在人间抬头

看见大海

就垂挂在堡墙的豁口

鹰在堡墙上发呆

好久了

还没有离去

衰草里的狐兔

总对头顶的天空心怀戒备

其实，太多的时间，鹰

都在饿着

有人曾在深夜看见

夜空里

红红的灯笼

落在山梁上的堡子里

这事情没有人能说清楚

而那只堡墙上发呆的鹰

在我眺望时

耸身远去

也似乎，就带走了我的心

2015.2.16

(收录在敦煌文艺出版社出版的甘肃双联行动乡土文学读本《心灵的乡村》)

河水转弯的地方

河水转弯的地方
风，搂了大地的腰

河水转弯的地方
两岸的庄稼，搂了村庄的腰

河水转弯的地方
多情的皱纹，搂了流水的腰

河水转弯的地方
光芒
也在转弯

幸福的水鸭子，日日
在水面练习芭蕾

风拂垂柳，水洗云白
我就一次次坐下来

坐下来，被流失带来的痛楚搂住
又被远去留下的空茫搂住

河水转弯的地方

生活，也在转弯

2015. 2. 24

（收录在敦煌文艺出版社出版的甘肃双联行动乡土文学读本《心灵的乡村》）

我从山野采回了草莓

在背阴的山坡上，草莓和野草
混杂在一起
没有一个枝条是要它们来依附的

紧贴着地面，享受早晨的阳光
也握紧每一粒闪光的露珠
对于谦卑的生命来说，除了自己的内心
没有什么灾难可以致命

没有向上的欲望，也就不惧风暴
连着枝叶的细藤像血脉
防止了草莓在人世上走失

草莓是自由的孩子，它宁可让野鸟
带走自己的果实

我来到山坡上，勿忘我、婆婆丁、紫云英
风铃草、毛茛花正开得一塌糊涂

我第一次俯下身来向它们搭讪
它们娇美的容颜，让我
比一面山坡还摇晃得厉害

而草丛里的草莓，已经过了花期
布满细孔的果实像小小的雪珠，散落在大地上
这繁华的人间啊，一派宁静
只有风，在吹送天堂的味道

2015. 5. 28

(发表于 2017 年 9 期《延河》下半月刊)

龙胆花的内心藏着一座蔚蓝色的大海

龙胆草贴着地面生长，她有着和杂草雷同的童年
要不是在春天汲取了阳光和雨水，她也不会
在初夏开出紫色的花来

我曾一次次在她的身边俯下身子
啊，这小小的紫色的花朵，有一颗娇羞的心
也有一张迷人的面孔

她一次次混迹杂草，贴紧地面，躲开了风暴和人类的关心
这多么幸运！
要不是我在她的身边坐下来

也许，我会错过和她相识

我看着龙胆草紫色的花朵，每一朵都是那么与众不同

我似乎看见了她藏在内心的大海

可我什么都不愿带走，我甚至希望在百草凋敝的冬天

再次爬上这座山坡，陪她坐下来

静静感受尘世的风，吹动我们内心那座共同的大海

吹动我们内心，那些不为人知的小小秘密

2016. 5. 10

(入选《2016 年红高粱诗歌奖获奖作品集》)

唯有西山梁给我安慰（组诗）

西山梁

路总会通向山顶，无论是大路，还是陡峭的小路。
我喜爱更长的路。不希望很快就爬上山顶。

西山梁让我学到很多。
四时的花草，曲行的道路，时间和天空，都是我的良师。

紫菀花只开在山顶的树林里，鹅绒藤则长在山脚的半坡上。
有些郁积，走着走着就化开了释然了；有些无法向人诉说的，可以说给
　　天空。

站在西山梁，和站在上帝身边并无两样。
风说过的话我记住了，雨说过的，我也记住了。

有一朵云我在半路上见过，有一场落日是专门为我准备的。
西山梁摆在时间中，我爱着的一切，命我落草为王。

2017. 1. 2

（发表于《天水文学》2019 年第四期）

只有五月的西山梁给我安慰

我有时，会嫌恶自己
但西山梁的每一朵小花珍惜光阴，倾情开放
它们干净的内心和外表始终保持一致

我有时，也会心生倦意
但西山梁的小草，从石缝中把根扎进去
向过往的清风借水，浇灌如火的花朵

到了五月，有些花朵已经修成正果
有些还在盛开的路上
而一条通往山梁的小路，总用草木演绎人生

在一片山坡坐下来
马先蒿不会说"滚开"
夏枯草也不会
七星瓢虫会从裤管爬上来，它对我的信任
让我羞愧

在更远处的林子里
杏子已经成熟
紫菀花开得正好
红嘴蓝鹊会把熟透的杏子抛向我的脚边

这是西山梁最好的时光
空气中弥漫着花朵和果实双重的气味
一路走来，我因听不见人声而深深陶醉

2018. 7. 7

（发表于《天水文学》2019 年第四期）

西山梁

我熟知它的每一条小路
也熟知它的每一面崖壁

我熟知小路两侧的花草和树木
也熟知它们四季的轮回

我熟知哪个季节会开什么花
也熟知哪个高度会有什么鸟

我熟知天阴天晴风的味道
也熟知落雪飘雨空气的味道

我熟知远行者
也熟知深埋者

好久不去了

我熟知的东西会深入梦境

像一个老朋友，它看我一眼

又转身离去……

2018. 9. 25

（发表于《天水文学》2019 年第四期）

山坡上

小时候，我只关心山坡上可以结果的花草：

羊角蔓、地梢瓜、花馍馍、"害眼媳妇"

我清楚记得它们的鲜美犹如天赐

长大后，我关心更多的，则是那些花朵：

山丹花、马兰花、野丁香、补血草、野棉花

这些好看的花，我都曾给喜欢的姑娘采摘过

现在，我只关心那些在秋风中落入草丛的种子

每次路过，我都要朝它枯萎的地方多看几眼

我深信，与我有恩的事物不会轻易消失，春天会把它们一一唤醒

2018. 9. 26

（发表于《天水文学》2019 年第四期）

苦荬菜一无用处，但上帝爱它

苦荬菜和其它花草一样，春天发芽，夏天开花，秋天结果，冬天枯死
　　随风。

和其他花草不同，苦荬菜叶缘带刺，茎干有毒，花朵细碎，果实繁多。
在人们眼中，苦荬菜不能做酸菜，牲口也不吃，却又肆意繁殖，简直一
　　无用处，但上帝爱它。

每到秋天，其他花草的果实尚未成熟，可苦荬菜已经把它的果实洒满
　　山坡。

每次路过西山梁，我都会多看几眼长满路边的苦荬菜。

我也不喜欢这个一无用处却又带刺有毒的家伙，但我相信，上帝的爱，
　　是有道理的。

2018. 9. 25

(发表于《扬子江诗刊》2019 年第三期)

我只喜欢我的西山梁

我哪里也不喜欢
除了我的西山梁
去哪里对我都一样
它无法改变一个乡下人害羞且胆怯的生性

我也去过远方
但一出门，我就想家

我的家曾经在乡下
现在，它变成了一面山坡

我的孩子已经长大
他们也都有了自己的世界

妻子正在陪我一天天变老
我却越来越离不开她

我曾经许诺要陪她去旅游世界
但我一次次食言了

现在，我老爱在一面山坡上发呆
而她却喜欢独自窝在沙发上

世界离我们越来越远了
曾经燃起的旅游火花，也正在渐渐熄灭

2018. 10. 19

冬日西山梁

山脚的树叶尚未落完
但山梁上，已经片叶无存

光秃秃的树枝上
裸露的鸟巢像另一种果实

草丛里，死亡让各种枯萎
呈现相似的面孔

一片片的荻花长在路边，白茫茫的
风掠过，好像光忽然跃起

除了野棉花还在等待一个怕冷的孩子
西山梁已经是一片寂静

2018. 11. 13

（发表于《天水文学》2019 年第四期）

山　鸟

叫不上它的名字
也不知道它的长相
它的叫声，像一口钟闪光的摆锤
在空旷的山谷里
晃过来
又晃过去

多数时间
鸟叫鸟的
人干人的
相互仿佛不存在

但每次爬到山顶
我都会坐下来
听它叫上一阵
像两个陌生人
在长路上相遇
打声招呼
坐下来，抽上一锅烟
又各自散去

想想一生
遇见的，都是我的命

我就会再坐一会
仿佛两个陌生人
不忍分离
坐下来，又抽了一锅烟

2018. 12. 6

（发表于《天水文学》2019 年第四期）

秋　风

秋风是公平的
它把树叶吹黄
又把树叶吹落
即使那没有落下来的一枚
也是已经枯萎在了枝头
无力落下
我喜欢走在秋风中
感受那种刺骨的鞭策
它和人世的许多事情不一样
它冷的是骨肉皮
温暖的，却是心

2018. 12. 6

冬日速写：西山梁

枯落了的树叶
是灰黑色的
它是雉，和兔子的暖床

千里光、野棉花、风毛菊、荻花的果实
是白色的
它们都是风中的炉火
落光了
叶子的树枝
是端直的
蓝天下，它们都是鸟巢的港湾

弯曲的道路
是空旷的
一年将尽，它还在等回家的脚步

背阴里的积雪
是持久的
它干净、凛冽，是西山梁的情义

2018. 12. 16

（发表于《天水文学》2019 年第四期）

积雪西山梁

1
西山梁的积雪，要比别处厚
人迹罕至的去处，也是寂寞的所在
积雪的白，和四野无人都让人难以抑制

2
落雪很厚的地方比想的要美
一路向上，雪在加厚
除了风把枝头的积雪拂下来，就剩下
雪中行走的声音了

3
咯吱咯吱的声音很好听，有陷入和踩踏的快感
积雪吹落的扑簌之声也很好听，有情不自禁的堕落和飘升
这世界，只剩下我和雪了
发出的任何声音，都是幸福的声音

4
在积雪覆顶的山上，我像一个皇上
那么多雪花，那么多白和酥软任我所有
而乍起的风像另一位
经过的地方雪花一片惊慌

这人群中的孤独者，爱情里的暴君

即使不爱他，也不要说出来

他经过时，你要像幸福的雪花飞舞起来，装作沉醉的样子

积雪中，他像发怒的雍正，斜眼看着后宫的女人

而我只像爱写诗的李煜，对着酥胸流下眼泪：

"这么多美，我却只能看着它们消失……"

5

天地被掏空，寂静泛起干净的浮沫

我想把这冰雪裹覆的树木和枯草也穿起来

和他们一起，去阴云密布的天空，完成一场盛大的起义

只动用寒冷和爱，策反人心中幽禁的美

把那些温暖的雪人，派往人间

6

这天堂的语言和赞颂

这寒冷的刀锋剔出的别宫

光芒之手托举，西山梁无限靠近天庭

而一只无处可逃的野山鸡，它在积雪下的惊恐并无必要

我会放过一切美好的事物

7

我甚至会放过一条路上的两行脚印

放过一丛雪下的两粒心跳

放过穿过人间的唯一水流，和抵达深夜的一片灯光

这美好，一如希望

爱上它时，上天再一次把雪落在了人间

2018. 1. 5

覆雪的西山梁

西山梁并不宽敞，除去树木和沟壑，能够铺开积雪的地方只有那条山路。

一只雉经过，"竹叶"会落下几片，一群经过，山路上就可以题写板桥
　　诗了。

其实，这么厚的雪，除非饿得要死，它们会藏身一丛蒿草，一动不动。
　　彩虹一样的覆羽和羽冠，像炫美的火焰。

"梅花"是从山腰开到山顶去的，它并不杂乱，从山谷斜开上来，到了
　　山顶，又转身探向山谷。

我知道，这是流浪狗的杰作，绝不是狼的。尽管牧羊人说，昨天，他的
　　羊在山坡上丢失了一只耳朵，但这一定不是野狼所为。狼还只是一个
　　久远的传说。

噪鹛也叫"李贵阳"，它们从一个树枝飞到另一个，只为找到适合落下
　　去的草丛。

它们也吃虫子，但冬天的草籽足够它们果腹。在它们脚爪下，树枝上的
　　积雪簌簌落下来，天空显得更加好看了。

我一直想不出，那从山沟里上来，又在山顶久久站立的是谁，它三个一
　　组的足迹简直无解可答。但它一定不是兔子，也不是三条腿的羊。

我是最早到达覆雪的山顶的，也是最迟的。

沿着山路的边沿前行，尽量不去扰动雉、流浪狗和野山雀们的作品。

如果太阳出来，天空的尺幅，刚好按下一枚羞红的图章。

流水正在山脚远去，"梅花"已伴"丛竹"绽开。

尽管覆雪的山顶空无一物，但它们的繁忙，已把春天，悄悄唤醒……

2019. 1. 10

登　山

爬上山顶，就坐下来

看看那个还在半路上的自己

他的坚持多么不易！

剩下的路还很长

但没有人能帮得了他

向上的路和他好像两块互不认输的石头

倒下之前，咬紧牙关对他们都很重要

到了山顶，就放眼看一看远处的风光

劫波渡尽赢得相逢一笑

高处风劲，但那毕竟是离天最近的地方

2017. 2. 10

（发表于《扬子江诗刊》2019 年第三期）

开满了狼牙花的小山坡

空气中弥散着甜甜的味道
早晨的风,将它一次次轻轻搅动
搅动。又朝远方吹送过去……

我唯有坐下来,才能听清小草们的低语
细碎,又有些嘈杂。
"那长满了刺的狼牙花,总爱长在悬崖边。"
在早晨的风中,它们谈论着甜蜜

昨夜,一定有人来过这里
一大片青草,有着幸福的压痕
一只笨拙的鼠妇,正在费劲地翻越倒伏了的草枝
而它们对我的存在,并不在乎

它们似乎对不远处山脚下的生活也并不在乎
狼牙花持续甜着
小草们继续在风中摇头晃脑
笨拙的鼠妇为了找到心仪的潮湿仍然是费尽了体力
不时的风,将它们轻轻搅动,又向远方吹去……

除了一面小小的山坡
除了这山坡上弥散着的狼牙花的甜

除了这轻轻地搅动一切的风

它们真的，对我的到来毫不在乎

2014. 4. 26

（发表于《中国诗歌》2015 年 2 月）

小野菊

只有混迹蒿草，才是安全的

只有退身野外，才是自由的

只有寄情秋风，才是高贵的

多年来，我一直视小野菊为卑贱的蒿草

冬天深了，便把它割回来，当柴烧

小野菊，并不因此萎蔫，或者把金色的光芒暗淡下来

相反，凭着秋风，小野菊

年年都会让一面山坡变得辉煌无比

再次经过山坡，秋天已经深了

牧羊人正依着一面坡，眯着眼睛

享受秋日的静美和安恬

满坡的小野菊，也并没有因为他的瘸腿

而萎蔫，或者暗淡下来

相反，它的香，似乎比平日里更加浓烈了

它的金色，也比平日，辉煌了许多

2017. 9. 29

(发表于 2018 年 11 期《中国作家》)

秋日的西山梁

如果用"繁华"，来形容春日的西山梁
到了秋天，就只能用"盛大"了

小野菊和蒿草一起，把金色的花朵开满山坡
似乎秋风，也能把它们的香气吹动
狗娃花、山马兰，和紫菀花都是紫色的
有时，我无法把它们区别开来

实际上，它们的细微区别需要静下心来观察
一个秋天不够，就动用下一个

直到找到它们分布的高低、紫色的深浅
花瓣的疏密，以及叶片分裂的不同

当我俯下身子，长时间对一朵花观察
就像是陷入一种绵长的情义

风毛菊也是紫色的，可它是草丛里的大个子

兰香草也是紫色的，可它有诱人的薄荷味

千里光可以穿过荆棘
把花开到树梢

至于如何用它的花朵熬汁，让失明的女孩
看清千里之外，则属于草木的童话

我还可以细数那些散落在草丛里的花朵：地榆、风铃草
旋复花、山萝卜……但这无法触及"盛大"的内核

我说的是秋日的西山梁，一片叶子
可以点亮一棵树
我说的是一棵树，可以凭借一场秋雨
把血脉的涟漪传遍整座山梁

我说的是一片叶子枯黄了
一夜之间，整座山坡都会腾起火焰

我说的是，唯有死亡的静美和壮阔
才可以匹配西山梁秋日的盛大

而花朵们穿过四季，抵达从容
我爱它们每一片叶子面对死亡的态度，就像我自己

2017.9.29

(发表于 2018 年 11 期《草堂》诗刊)

地　榆①

旷远的秋风中，眼泪正在变红，
正在慢慢沁出血来。

不是甜蜜的事物接近饱满，
是爱着，又知道太多，
以致心碎！
旷远的秋风中，花朵们都很从容
只有地榆，像血红的眼泪。

2017. 9. 30

(发表于 2018 年 11 期《中国作家》)

千里光②

千里光生在荆棘丛中，但它的花
开在树梢。

---

①　蔷薇科，地榆属，穗状花序，秋天开紫色花瓣，又叫血剑草，地黄瓜，有清热解毒，凉血止血，消肿敛疮功效。
②　菊科，草本。又名九里明，黄花母。性寒，味苦，有清热、解毒、明目、止痒、抗癌功效。

大树遮挡阳光能怎样？

荆棘阻断去路又能怎样？

内心那么多光亮的想法，足以照亮远方。

阳光下，攀上树梢的千里光像一道金色的瀑布。

它的花瓣有金属的光泽，

它的汁液可以敛疮、祛毒、明目。

2017. 9. 30

（发表于 2018 年 11 期《中国作家》）

鬼针草①

经过山野，那个悄悄跟你回家的，

叫鬼针草。

它跟着你，不说话。

有时会吓你一跳，有时，会

被深深打动。

同属菊科，却不以色事人。

它的花娇小、羞涩

细看，却也楚楚动人。

---

① 菊科，草本，有清热解毒，消肿散瘀功效，常用来治疗高血压糖尿病等病症。

婆婆一生卑微

总是悄无声息地跟在爷爷身后

任凭他发火、咒骂，

都微微笑着，毫无怨言。

老了，爷爷总说婆婆是他命里的"鬼针草"

那时，我并不知道

鬼针草可以消肿散瘀，治疗高血压。

2017. 10. 1

（发表于 2018 年 11 期《中国作家》）

白头翁

白头翁也有芳香的岁月

深紫色的

在春天的草丛里

它也有另一个俗世的名字：铁线莲

白头翁老了，才叫白头翁

披拂的白发

是淡淡的栗红色

和银灰色

似乎老了

才是白头翁的幸福时光

无论迎风晃动

还是落了雪

都令人难抑心动

一株逆光的白头翁

好像一个梦

它比花朵更让人心生羡慕

2018. 1. 2

千里光，或者一条河流的轮回

春天，它是绿色的

从地面

往树梢流

（阳光是它的悬梯

枝蔓是它的河床）

夏天，它是金色的

从内心

往外面流

（蜜蜂是辛勤的掘井者

花蕾是抑不住的喷泉）

秋天，它是白色的

从枝头

又流向大地

（成熟的静美

取代了成长的喧哗）

冬天，它的种子

汇入了掠过山梁的风中

好像，它们已经找到了大海！

2018. 12. 16

野棉花①

因为，是山野的女儿

所以，才叫野牡丹

因为，是秋风的妹妹

所以，才叫野棉花

因为，不想为登堂入室去故作矜持

所以，你的野，才是荒野的最爱

因为，内心的柔软和温暖

所以，你结出的果实才是一朵朵盛开的阳光

————————————

① 野棉花是毛茛科，银莲花属多年生草本植物，又叫野牡丹、接骨莲，以根入药，全草含微量的毛茛甙。有止咳止血、理气杀虫、祛风湿、接骨的功效。

野棉花，秋天把你佩在心上
冬天，就把你穿在身上

寒冷的山路上碰见你，仿佛，又看见穷日子里，
妈妈，在给我们采摘过冬的棉花

2017. 11. 11

蒲公英

我曾经非常爱它一吹就飞走的种子
更加贴近远方
我也曾经非常爱它金色的花朵遍布草丛生生不息
现在，我爱它已经被晒干了的全部：
花朵、种子、叶、根，都是柔和的黑褐色
我从蛇皮袋中取出一捧，用水煎汁，治疗沉疴
它浓烈的汤汁并不苦涩
仿佛金色的花朵在我的体内重新盛开
小小的伞兵，正在为我悄悄赢取一场秘密的战争……

2017. 12. 24

（发表于 2020 年第二期《广西文学》）

白头翁

它也有花朵的时刻
现在俱成往事
记忆都成了白发披拂在头顶
这是一株草的最后时刻
也是一朵花的梦境
它因内心的春天而成为人类悲叹的镜子

2017. 12. 24

风毛菊

枯死了的风毛菊
在寒风中
再次盛开

和秋天的花朵相比
在冬天
风毛菊更加雅致

其实，这些在枝头闪光的
并不是真的花朵

而是风毛菊落光了籽实的花蒂

但我更喜欢满身花蒂的风毛菊
古铜色的，有时光的深邃和沉稳
也有放下的洒脱

即使是冬天
草木都枯死了
风毛菊也要为自己盛开一次

2017. 12. 31

棣棠花也叫秤杆梢

夏天，一株棣棠花开得十分旺盛。
春天的花期已过，棣棠花好像在填补一个空白。
我惊异于它垂满枝条的黄色花朵：
粉嫩娇羞，又热烈奔放，
这是罕见的重瓣棣棠花。

我仔细打量、拍照，以为这是夏天的尤物。

冬天再次路过村庄，我绕道这家门口，却不见了棣棠花。
望着新铺的水泥地面，我问门口的主人："那株棣棠花呢？"
他诧异地看着我："啥棣棠花？"
"就是夏天开满黄花的那株。"

"那叫秤杆梢。山里多得很。"

"又不结果子，又长不成大树，要它做甚？砍了。"

他侃侃而谈时，我的心里忽然空落落的。

他说"秤杆梢过去砍回来还可以做秤杆，但现在谁还用秤啊！"

而我的心，已经飞到开满了棣棠花的山谷里。

在那里，每一支棣棠花的花枝上

都藏着一座星空。

2017. 12. 31

风铃草

即使开出了花，风铃草

也无法把自己从一坡的野草中间分离出来。

即使每一株野草都有自己的花

我的爱，也能把风铃草从杂乱的野花中间分离出来。

每一次经过西山，我都能听见风铃草的轻唤

即使风铃草还没有花苞

2016. 8. 19

（发表于 2018 年第四期《野草》）

狗尾草

回头时，我看到狗尾草
满满的一坡，逆着光
唉，连"再见"都不会说的家伙
走远了，它们还在看着我……

2016. 8. 19

（发表于 2018 年第四期《野草》）

行军蚁

行军蚁经过时，一粒露珠刚好从风铃草的花朵上垂了下来
露珠里，行军蚁身穿铠甲，头戴璎珞，好奇地打量着自己
这是一个容易破碎的世界，我屏住了呼吸
当行军蚁把嘴巴缓缓探过去，阳光，穿过树叶
掉在了地上

2016. 8. 17

（发表于 2017 年 12 期《人民文学》）

小雏菊

早晨的阳光穿过树叶，打在一丛盛开的小雏菊上
紫色的小雏菊，不摇也不晃

秋风吹动了枯叶，能怎样？
阳光照亮了昆虫美丽的花纹，又能怎样？
小雏菊，只是安静地盛开着
此刻，只有紫色的花瓣，是她的
只有停泊在内心深处的安静，是她的
在她的身边，我静静坐下来
阳光再一次穿过树叶，打在她的身上
阳光没有说"你好"
但我感到她宁静的内心，微微，动了一下

2016. 10. 2

（发表于 2017 年《诗刊》第四期上半月，2019 年翻译成韩文入选《要走的路很长》）

一个人的小树林

野山鸡有幻美的羽毛，好像把火焰背在身上。

小松鼠有强大的嘴巴仓库，足以应对宽广的冬天。

小雏菊和巨大的秋风对峙，总能以少胜多。

这是一个人的小树林。有时，仅仅是为了和一朵小花

说说心里话；也有时，仅仅是依着一株树静静坐下来，

感受穿过树叶的阳光，轻轻洒在我身上……

我爱这样一座小树林像爱我的生活：

远离纷扰，自得其乐。

2016. 10. 19

秋　天

秋天的山坡上，每一粒种子都在闪光。

秋风四起

多么好啊！

每一次的死亡，都藏下了春天

2016. 8. 28

（发表于 2018 年第四期《野草》）

落叶松

落叶松落光了叶子也是挺拔的松树。

比起那些从不落叶的松树，它们更容易成长起来。

冬日的落叶松脚下，旧时光围成了一圈

闪着淡淡的光，像一场静默的怀念

2016. 10. 13

(发表于 2018 年第四期《野草》)

一条槐花披拂的小路

一条槐花披拂的小路，

因为僻远，

所以幽静。

五月的早上，我只身前往。

红嘴蓝鹊和野画眉，

总是比我更早。

到了中午，蜜蜂占据整座槐树林。

勤劳的小精灵，好像

把一条芳香的河流搬到了树上。

五月很快就会过去，

太阳落山，我还会去槐树下散步。

如果累了，就席地在花香中；

如果渴了饿了，就伸手捋一把槐花。

如果不是这条路，

即使五月，也不是香甜的。

2017.5.26

（发表于 2018 年 6 期《扬子江诗刊》）

花　草

在家里，我几乎认识所有生长着的花草

在屋后的西山上，我能叫上名字的花草并不多

在大山的深处，几乎没有几株花草是我能叫上名字的

穿过一座深林，也就穿过了一个辽阔的神秘世界，穿过了自己潜藏的

　无知

花草对我的吃惊和诧异，也是我对自己的

2016.6.16

（发表于 2017 年 8 月《青岛文学》）

每一朵野花的心上，都藏着上帝的秘密

又一次，在一朵野花的面前我俯下身子

努力靠近，屏住呼吸

她纤细的枝条，还是轻轻晃动

这是我常常忽略掉的世界
混迹于无边的野草
可她徐徐展开的美丽，还是让我惊讶无比

我只能为我无法叫出她的名字而羞愧
或者，为我的大脚曾经踩踏过而惶恐不已
但她此刻呈现的美，似乎刻意要嘲笑我曾经的轻慢和无礼

我该如何向她说一声"抱歉！"呢？
侧眼一看，在她的身边，还有许多和她一样美丽的花朵
被风轻轻捧在手上

啊，这么多的美，曾被我白白浪费！
偌大的旷野上，似乎只有蝴蝶懂得珍惜
她们身着彩翼，御风而行
从一朵花，到另一朵
好像藏下了上帝所有的秘密

2016. 6. 17

（发表于 2017 年 8 月《青岛文学》）

庆　幸

经过一株小草时，我俯下身子去看她

她倾其一生的花朵，在那一刻，只为我高高举起

我庆幸，一生错过太多美好，唯独没有错过那一刻

她举着花朵，站在我经过的路口

2016. 7. 23

（发表于 2018 年第四期《野草》）

山坡上

野草莓成熟了

又独自凋落

她的忧伤，只有自己知道

夏天足够漫长，有的野草莓，还是等不来一只飞鸟

2016. 6. 14

（发表于 2017 年 8 月《青岛文学》，入选《2016 年红高粱诗歌奖获奖作品集》）

蓝色的矢车菊

不是因为遇见，就叫她矢车菊
也不是因为蓝色，就叫她
矢车菊
满满的一坡矢车菊，全部盛开了
不是因为逆着阳光，也不是因为
顺着风

满满的一坡矢车菊，全部盛开了
不是因为无端怒放，而是
内心笃信

蓝色的矢车菊啊，因为爱
内心曾涌动大海

蓝色的矢车菊啊，因为等待
月光，也氤氲成了忧伤的小火苗

爱有多深，这盛夏的阳光
就有多深

等待有多绝望，这顺着风的芳香
就有多浓烈

蓝色的矢车菊啊,在这初见的早上
爱,用一面山坡
来囤积

蓝色的矢车菊啊,在这遇见的傍晚
命运,有一个美丽的拐弯
安放着巨大的惊喜

2016. 5. 15

(发表于2017年8月《青岛文学》)

鸟儿在树荫里叫着

我听到了鸟儿的叫声,但我看不见他们
我甚至分得清哪一声是忧伤的红尾鸲,哪一声是辽远的蓝矶鸫
哪一声是胆怯的眉鸫,哪一声是粗狂的雉
但我看不见他们

我看见阳光穿过小小的树林
枝叶闪着金子的光芒,但我看不见鸟儿
鸣叫着的,好像就是那些闪光的树枝和树叶

我试图靠近,他们就集体噤声
我试图一睹他们歌唱的风采,他们就躲进更深的枝叶深处
我用枝叶间洒下来的光斑将我深深掩藏

他们就又出现在头顶晃眼的光芒里
好像歌唱着的，真的是头顶的那一片光芒

一个早上，我因为倾听，而被爱情轻柔的手指不停弹奏
一个早上，我因为倾听，内心布满了温暖的波纹

2014. 4. 30

（发表于《中国诗歌》2015 年 2 月）

一条小路

一条小路，像一个不听话的孩子
我跟着他，穿过树林，穿过荒草披覆的山梁
就陷入了更大的空茫

这难道是一个错误的选择吗？
他越来越远离了生活的中心
但我并不想停下来
或者返回

我似乎爱上了树杈间洒下来的阳光
爱上了从山梁上吹来的微冷的风
爱上了脚下坑洼不平的歧途
和时时撕扯着衣服的荆棘

我甚至在这全然陌生的地方
嗅到了我一直在寻找着的生活的气息
久违了的
爱的气息

2014.4.30

（发表于《中国诗歌》2015年2月）

在山坡上读一首诗

风，让它们走动
阳光，让它们变暖
我的双眼只是一座嵌在记忆深处的城门
我感知它们裹挟着尘土和咩咩的叫声进出
而我，就是一面被雨水浸透了的荒坡
在它们的踩踏和啃食下，渐渐醒来

啊，花朵和鸟儿们，只是幸福的两种形态
在这个短暂的早晨，逃出了生活
爬上了山坡

2014.4.23

（发表于2016年6期《绿风》）

注视一只雉

草丛间的雉，一直在用怀疑的目光偷窥着我
它鲜艳的羽毛，被风翻动
像翻动一堆火焰（抑或丝绸的碎片）

在山谷的另一侧，树梢上的鸟儿在用纤亮的歌声
搭建爱情的浮桥

这只是三月，我和一只雉在山坡上邂逅
阳光唤醒了大地
也唤醒了万物内心的那一点情欲

2014. 4. 23

（发表于 2015 年 7 月《诗刊》下半月刊"银河"栏目头条）

歌唱的鸟儿是一座爱的发电厂

清晨的山坡上，鸟儿们携带小小的心脏飞翔
就像携带着一座座爱的发电厂

当他们占据高枝

爱情，正通过这小小的电厂
成为歌声的光芒

没有鸟儿的春天多么灰暗！
万物都在奔忙
唯有他们，只想把爱照亮

2014. 4. 10

（发表于 2015 年 7 月《诗刊》下半月刊"银河"栏目头条）

落　日

我沿着屋后的小路，去山顶看落日
沿途碰见守林的老人，肩扛枯枝
走在回家的路上

我告诉他，落日压弯了远处的树枝
他说，今晚的餐桌上
有老伴为他准备的煎鸡蛋

2014. 3. 16

（发表于 2015 年 7 月《诗刊》下半月刊"银河"栏目头条）

晒太阳

时间也会让我变暗，变轻，变成风一样飘忽的事物。
依着山坡，这冬日的阳光，多么舒适！
这静静的消逝，多么舒适！
即使枯草，也有温暖的时刻。

2016. 1. 16

倾听时间

风中，一定有倾听的耳朵，
被巨大的寂静安抚。
像时间中，一袭虚无的华袍，缀满寂静的铃铛，
在这无人的山梁上……

2016. 2. 25

独坐西山梁

风是落日的翅膀

落日，是游子的故乡

雪山炷香
流水还愿
我在风中独坐
静看日落

好像，也为空阔的天空
生出了两扇有力的翅膀

2019. 2. 3

（发表于《天水文学》2019 年第四期）

林子里

"李贵阳" 一直在叫。
——它的叫声像挂在林子上空的一扇明亮窗户。
早晨的阳光，正从那里探下来，
照着一朵迟开的杏花。

2019. 4. 14

春 天

掐槐树芽的女孩子，一直在林子的那边说笑。
叽叽咕咕的声音，像几只拱动的土拨鼠。

空气香甜。
我甚至忘记了头顶高枝上歌唱的红尾鸲，
忘记了
它小小的红色身躯
像一颗怦怦跳动的心脏。

阳光中，我只是跟随几只幸福的土拨鼠，不停
向着远处的山坡拱去。

2019. 4. 14

正 午

林子的那边，掐槐树芽的女人们的声音
听不见了，我还在树下坐着。
像一场梦，恍然醒过来。
正午温热的空气中充满了枯草的味道。
我起身离开时，山顶上的天空

蓝得像一面将要溢出来的湖水。

2019. 4. 14

（发表于 2020 年第一期《草堂》"中坚"栏目）

林　下

林下有马先蒿
林下，也有紫菀草
害羞的花朵都躲避着阳光的照耀

林下有金龟子
林下，也有毒蘑菇
深情的事物都把爱情的藏宝图镂刻在身上

林下有花朵的残梦
林下，也有蝴蝶的呓语
早晨的风，总会扶起倒伏的草枝

在太阳的碎斑洒落之前
慵懒的蝴蝶一直都在努力摘取
那粒悬在草叶上的清露

我看着这一切，不敢惊动
在那粒露珠的眼里

我也有一张害羞的面孔

2018. 5. 13

(发表于《天水文学》2019 年第四期)

通往山梁的路一直在闪光

像一种提醒:
那条路
会在淡忘中突然醒来
站在我的对面

路边的野棉花和荻花
都是温暖的
它们让劲疾的风
拥有了梦想的小旗子

但它一直被俗常放逐
通往落寞的更深处——

它是被奴役的另一半
也是
从死亡开启的新生

2019. 12. 22

早 晨

冬日的西山梁，并不冷。何况

山噪鹛一直睡在落叶中。

我不知道鹰，是从哪里过夜，

飞过山梁时，我还没有爬到山顶。

这是它的领地，多年来没有看见第二只。

大山雀一起床就叫个不停，它们中，有许多中华雀鹛。

西山梁草籽很多，足以养活成群结队的快乐。

牧羊人的屋后，只有一只红尾鸲姑娘，

它不漂亮，但从一而终，永不结群。

下山时，山风劲疾，手指冻僵。但想想澳大利亚可爱的考拉，

山火已经烧了四个月还没有熄灭，也就不觉得冷了。

新闻说，山火烧死了五亿只动物，

我想，永远不止！

尽管乌云很厚，但西山梁还是一片乐土。

沿路返回时，一群鸟儿正掠过头顶向山下飞去：

哗啦啦的响声，像另一种火焰，

把冬日的西山梁映照得格外明亮。

2020. 1. 8

想家就是想念一面山坡

每次回家，路过那面山坡时
我都会长按三声喇叭
告诉埋在那里的亲人：我回来了！
昨天路过，已是半夜
静静的夜空里，三声喇叭格外响亮

2016. 8. 29

（发表于 2018 年第四期《野草》）

阳光中

在枯干的落叶中间，我无法分清马先蒿、风铃草，还是山丹花的叶子，
死亡，让它们拥有了相同的安静和斑斓。

在枯干的野草中间，我却分得清野棉花、风毛菊和一蓬飞廉，
即使死亡，它们也没有放下各自温暖的想法。

早晨的阳光穿过光秃秃的树干，打在我的身上，

我匍匐在枯草中间的身影，也有着一点即燃的安静与斑斓。

2017. 12. 27

（发表于 2020 年第二期《广西文学》）

在山坡独坐

是落花的一部分
也是
飞鸟的一部分

是虫子的一部分
也是
野花的一部分

唯独不是
生活的一部分

沿着山坡
坐下来
我更像一个忧郁的旁观者：

风，把花瓣洒在身上
又轻轻吹去

2019. 12. 12

落叶辞

这是我一生
最温暖的时刻。
我对人世有着浓浓的情意。

我爱每一次遇见的事物，
爱贫穷
和坚持。
甚至，在内心
我原谅了我曾恨过的所有人。

甚至，我爱秋风
比夏天的风多了一份执着，
它要去的地方，
我依了它，
它喜欢的颜色，
我尽量呈现。

我待过的枝头，
不再迷恋，
我陪伴过的花朵
和果实
它们圆了我的梦。

只有秋风，

是我的。

它一天比一天更有力。

它带我去的地方，

我十分向往。

2017. 10. 6

（发表于2019年第四期《江南诗》）

一坡黄花：兼题友人微信照片

这满坡的黄花，

比金子灿烂。

这迎面的风，

比人心柔软。

坐下来，就不想走了。

这是我出生的地方，

也必将

是我沉睡的地方。

时间不曾走远。

举目望去，童年的天底下，

那个牵着毛驴，走出村子的孩子，

就是我。

沿途都是亲人，

贫穷的、富有的、善良的、凶悍的，

埋下他们的地方，

都开着金色的花朵。

终有一天，我也会在时间中放下牵绊。

我希望，

埋下我的那座山冈，

也能在秋天，开出同样的花来。

2017. 10. 7

(发表于《天水文学》2019 年第四期)

看一枚树叶在风中飘落

在风中，紧紧握一下

或者不握

这都无关紧要

但看着她渐渐飘远

是一定的

不说再见

也不说留恋

该做的事，都做完了

此刻的轻

是风的轻

也是阳光的轻

在空中经过另一枚叶子

会打个招呼

沿着风的微澜

荡过去

轻轻抱一下

珍惜每一次相遇

不说再见

有时，会顺着风的意思

飘很远的路

有时，会顺着雨的

落在草丛中

但，这都是时间的意思

想起一生

脸孔会微微泛红

心跳，会稍稍快一点

但一切，终会平静

一枚落叶呈现在风中的

也许，倾尽一生

我都无法实现

2016. 10. 19

(发表于 2017 年 10 期《重庆文学》)

牧羊人

暖气供到后半夜就停下来了，房间里会很冷。
但想想住在半山腰庵房里的牧羊人此刻团卧在风中
我就不冷了。

父母去世快三年了，时时想起我仍很绝望
但想想瘸腿的牧羊人除了几只羊，连个亲人也没有
我就不难过了。

我也会对生活有些许的不满，抱怨时运不济，命运多舛。
但想想牧羊人，一条腿翻过一座山，仅仅为了去集市上买回够一个月吃
    的土豆
我就很满足了。

有时候看着牧羊人拄着树枝爬山，去赶那走远了的羊只
我心里会想 "何苦呢？"

有时候，看着牧羊人趴在冰冷的地上吹火做饭
我心里会想 "何苦呢？"

牧羊人每次看见我都会笑着打招呼

可我的心里却在担忧，那些山坡上越来越多的坟堆，哪一个会是他的呢？

冬天很深了。牧羊人开始在两个树桩之间搭建他的摇床。

我抱怨这么好的太阳，为什么不坐下来多晒一会儿，他却说趁着冬天的
　　树枝容易攀折，他要把夏天纳凉的摇床搭好。

春天却还很远，我真为他的这些想法好笑。

可牧羊人从不在乎我的想法。

2016. 1. 16

（发表于 2017 年 3 期《芳草》组诗早春记事十九首，入选《2016 年红
高粱诗歌奖获奖作品集》）

五月的谣曲

1

五月的一座花园

花香做了棺板

回家的路上，心有不甘

月光里飘着，一只杜鹃

前半夜叫唤，肝肠寸断

后半夜叫唤，血泪熬干

裹尸的绸缎，也有似水的流岚
一生，怎经得一次翻卷

2
月光下想你，星辰半盏
泪水中种下针尖

人面前活人，风光无限
笑脸里埋着，一匹呜咽

辽阔的尘世上
心是孤灯一盏

黑黢黢的长夜里，想你
好像挖一座佛龛

3
头顶上飘着的游隼
好像逝者的亡魂

山冈上开一朵野花
好像孤零零的一个家
风雨中的一座老院
亮着油灯一盏

热腾腾的一片故土
埋下了想念

4

月光的半截窗帘
窗帘上别着，一枝牡丹

花香的小蹄子，上了清风的贼船
花瓣瓣落了半院

三年前许愿，长香烧在佛前
三年后回头，泪水不干

活生生的一场人世
活成了断崖一面

断崖上
干死了牡丹

5

谁是心头的长明灯
谁是命运的雷电

谁是你人世上的积德行善
谁是你讨债的孽缘

一辈子辛苦无悔无怨
拉扯了三个掘墓的坏蛋

热闹的人世上走了一圈

只带走了一身仿古的长衫

6
五月的槐花开在路边
长风里有一个阴魂不散

叫一声亲人风打旋
低头问一问路边的马莲

马莲，马莲
草丛里的一支蓝色发簪

荒草的长发被风吹乱
一辈子就剩下一只泪眼

泪眼中风吹云散
泪眼中雨打花残：一只哭着的杜鹃！

2015.5.27

（发表于 2017 年《中国新诗》短诗卷）

乞巧①，在西汉水的两岸（组诗）

唱 巧

水边上的苇子草在唱
路边上的歪脖树也在唱

山梁上的堡子在唱
庄边上的塌房房也在唱

半夜里的灯盏在唱
肩头的水桶也在唱

指甲上的凤仙花在唱
媒婆子舌尖上的谎言也在唱

"巧娘娘，下云端
我把巧娘娘请下凡……"

---

① "乞巧"，是甘肃陇南西汉水两岸流传千年的古老习俗。每年七月，没有成家的姑娘聚集在一起，请来"巧娘娘"，一起祈祷祈福。该组诗中引号所引多为乞巧时的唱词。

巧娘娘下凡，天下的花儿
都赶着，把心上的美好，开了一遍

2016. 7. 12

迎 巧

在水边请神
也请水中的天空
一朵云聚了
风又把它吹散

在水边请神
也请水中的浪花
一朵花近了
另一朵，又把它推远

到了水边
也不敢低头看
低头，眼里的泪水
会把水中的笑脸打散

"巧娘娘，下云端
我把巧娘娘请下凡……"

一条弯弯曲曲的路

唱着进庄时，两边的事物
都退后了一步

2016. 7. 12

乞 巧

"巧娘娘，下凡来，给我教针教线来"
乞巧，巧就来了

骑马的巧，翻山来
坐轿的巧，渡河来

山是大堡子山，马是雕鞍马
风中的铃铛开了花

河是西汉水，轿是八抬轿
心上忽闪着的是唢呐

提水罐的巧，地边上来
顶手帕的巧，树林里来

玉米缨子动时
水罐里的天，也动了

花椒树上的闪电熟时

心尖上的闪电，也熟了

"巧娘娘，坐桌前，请你给我教茶饭"
乞巧，巧就来了
光芒炸裂的云隙下
好看的巧，腰身一转，就不见了

2016. 7. 12

祭　巧

用应时的鲜花祭巧
就祭心头那一缕缠绕的香
牡丹随了春风，蜡梅在等冰霜
青莲冰肌玉骨，怎么看，她都是神的床榻

用新摘的果子祭巧
就祭脸颊上那一粒悬而未落的清露
苹果犹带青涩，葡萄羞眼渐开
蜜桃红了一点，那也是被神点过的秋香

用新炸的馃馃祭巧
就祭煎熬着的，那一丝说不出口的心慌
鸳鸯成了双，喜鹊飞上房
花开娇人面，蝴蝶过短墙
巧啊，美好的，都是一双

用新生的豆苗祭巧

就祭万物心头那一丛生生不息的成长

娇羞了，婀娜了

那都是一面清水的镜子啊

什么爱她，什么就是她的天堂

一对黄蜡三炷香

香是通神的路，烛焰的心上有佛堂

人群中双唇紧闭，永不说出的一个

也被神光照亮

2016. 7. 14

卜　巧

在一盆清水中占卜明天，

心上的那一缕忐忑，就轻轻晃动。

阳光有流水的躯体。

流水，也有阳光的心脏。

最隐秘的地方，光芒一直很晃眼。

那样的情景，曾经在梦中出现。

想什么，就认作什么吧。流水偷偷

搂了卵石的腰，卵石的心，也一样慌张。

泉水里撒下花瓣，不过是
在期盼的心上埋下了羞涩
花儿都为自己开了
别人赐给的前程，还有人稀罕吗？

2016. 7. 13

送　巧

河边送巧
巧，就是碎了的浪花

泉边送巧
巧，就是散了的云朵

村口送巧
巧，就是沿着玉米地走远了的背影

桥头送巧
巧，就是那个拨通又挂断了的号码

心里想说的话，现在不说
就永远不要说了

心里想见的人，今晚不见

就永远不要见了

女儿没有返程身
一别，终究天涯！

2016. 7. 17

（发表于 2017 年 6 月《飞天》）

跳"麻姐姐"

"麻姐姐"是冥冥中的神，知过去，晓未来。

跳"麻姐姐"的人，是一座皮肉的轿子。

心诚了，"麻姐姐"会坐上去，"给黑眼的阳间人指路"，心不诚，则会
  转身离去。

老去了的乞巧女，都见过跳"麻姐姐"：

一村的老人小孩，跪下来，听"麻姐姐"讲述命运中暗藏的风暴和
  闪电。

揪心处，"麻姐姐"三天三夜不下"轿子"。

人们眼睁睁看着一座疯狂的"轿子"倒下，而束手无策。

几十年过去了，村子里已经找不到能跳"麻姐姐"的人了。

花花绿绿的人群，似乎都是破败了的轿子。

在乞巧的七天八夜里，人们只能口耳相传，一个知过去晓未来的"麻姐

姐"
坐着皮肉的轿子，"为黑眼的阳间人指路"……

2016. 8. 15

"乞巧"的老女人

衰老的身体里，似乎
永远住着一个年轻的女儿。
她们跳着唱着，好像老了的，
真的不是自己。

2016. 8. 13

天空有字

"你看，乌云 gu dui dui 地
天，要下雨了！"
顺着老人的指尖，
我看到天空云动，如翻滚的岩浆。

多么灵动的词啊！
"gu dui dui"地，我能读出这个联绵词的上声去声和轻声，
可我无法将它写出来。

"你听，雷声 guo za za 地，
老天爷，要收人哩！"
在老人惊惧的怀里，
我听到头顶雷声如劈，势不可挡。

多么威严的词啊！
"guo za za" 地，我也能读出这个联绵词的上声去声和轻声，
可我无法将它写出来。

问过无数人，
也翻阅过许多字典，
我都没有找到老人们说给我的，
这些来自天空的词语。

我想，只要眼里有 gu dui，
心中有 guo za，
何必一定要把它写到纸上呢？

2018. 12. 17

礼县，沁入时间的绿锈红斑 (组诗)

古老的铜镜

心，跳着跳着
就泛出绿来

镜子，照着照着
就漫上红来

古老的铜镜里
住着
永久的美人

江山易老
最后的斜阳
照不见归来的人

江山易老
最后的斜阳
染红

远去的流水……

(发表于 2012 年《桃花源诗刊》夏季卷)

鼎

用人作范
来铸造王
幸福的偶数
就必须砍掉一个

三个、五个、七个
还是九个
肃杀的列放
只为稳坐中央

经过生死的淬炼
王的血
一定是绿的!

按得住荡漾的杀气
才能描绘出精美的心计
冰冷的鼎里
没有美食

(发表于 2012 年《桃花源诗刊》夏季卷)

箭　镞

拣一粒箭镞
就俘获了一次呼啸

这些，都是钙化了的
历史的心跳

握一枚在手
就握住了岁月
羞红的
忏悔

（发表于 2012 年《桃花源诗刊》夏季卷）

磬

在庙宇
她是神的嘴唇

在殿堂
她是道德的嘴唇

冰冷的石头并不冷漠
她只是在等待

等待风吹红尘
等待玉出掩埋

遍地都是石头啊
找到叫磬的那一块

就像品质找到了玉
让爱来佩戴

（发表于 2012 年《桃花源诗刊》夏季卷）

编　钟

神秘的编钟里，潜伏着爱
神秘的编钟里
住着善舞的女子

沐浴焚香的乐师：清心，正冠
每一次轻叩
唤醒的，都是宫商角徵羽的新娘

王堂上，编钟悠扬
青铜里，江山起伏

编钟伴舞

也伴那些帝王冰冷的心

一次次，将昏暗的历史照亮

(发表于2012年《桃花源诗刊》夏季卷)

青铜鼎

七只布满绿锈的青铜鼎，像七只神情端严的脑袋

静静端坐在礼县博物馆阴暗的玻璃柜里

博物馆很破旧，但青铜鼎依旧华贵如新

天南海北的人都来观瞻

这曾经消失了两千多年的帝国的容颜

但青铜鼎，面对形形色色的参观者矢口不言

人们除了惊叹他们诡异而精美的纹饰，剩卜的

就是对掩埋过他们，至今仍然国列贫困的土地的感叹

也有人通过老花镜和碳十四，想让这些固执的家伙开口

可青铜鼎冰冷的表情总让人们失望

王权喝不退洛阳铲，也喝不退自负而矫情观瞻

可年轻的老馆长说：半夜里，他听到过七只青铜鼎

喁喁的幽叹和私语，好像是一场永无终止的协商或者审判

谁信呢？

2011. 2. 21

(发表于2012年《桃花源诗刊》夏季卷)

陶　片

也许是一次失败的围猎
也许，是一个破碎了的夜晚
也许，这就是在此能够看到的最久远的篝火
藏在泥土中

2016. 10. 1

(发表于2017年《诗刊》第四期上半月)

鼎

青铜的窃曲纹是王的冠冕
垂鳞纹是王的束腰。

鼎是王的分身术。
一鼎一簋为士，九鼎八簋为王。

在礼县秦文化博物馆的陈列架上，许多鼎
都流落异乡，或者成为孤独的残件
它们纹饰显赫，而出身不详

人们努力在王的故乡寻找一组鼎的主人
却好像盗墓贼拿走了一切答案

2016. 10. 2

（发表于 2017 年《诗刊》第四期上半月）

石　磬

和其他的乐器相比，磬的声音好像石头的魂魄。
每一次敲击，都会轻轻飘出。

在礼县大堡子山的乐器坑中，石磬和编钟一起出现
两组十片，分为五音。

我见过这组石磬，颜色发青，形如肋骨
我听过它的演奏，其音如丝如帛，好像声音中的《蒹葭》，一咏三叹。

2016. 10. 3

（发表于 2018 年 5 月《星星》诗刊）

铜 镈

2005 年，大堡子山出土编钟一套：其铜镈 3 件，甬钟 8 件，石磬 10 件。

发现该组器物时，盗洞距离它不足 20 公分。

刚出土时，我去看过。因其崭新，人们怀疑它是假的。

在当年博物馆简陋的仓库里，我陪诗人阳飏去看过。

后来，又在新建的秦文化博物馆，我一次次陪着朋友去看。

每次去看，都如见故人。

该铜镈造型考究，纹饰繁复，其所奏之音宽 3 个多八度。

其上有铭文：秦子作宝和钟，乃音锈锈邕邕，秦子峻令在位，眉寿万年
　无疆。

值得指出的是，此铜镈铭文所刻皆为古音，"锈锈邕邕"，读起来应该是
　"泱泱邕邕"

如此一读，犹如一奏。

2006 年，该发现被评为年度十大考古发现之一。

2016. 10. 3

镞，或者二次伤害

在一枚铜箭镞的镞翼处，隐藏着锋利的倒钩

这是在冷兵器中最早发现的杀戮中的二次伤害

博物馆漂亮的解说员每到此处，娇美的脸上满是炫耀的骄傲
很显然，这是冷兵器二次伤害后的，又一次

2016. 10. 3

（发表于 2017 年《诗刊》第四期上半月）

从戈，到伐

> 王于兴师，修我戈矛，与子同仇！
>
> ——《诗经·秦风·无衣》

在礼县秦文化博物馆
一柄戈，从礼器
走到了兵器

在礼县秦文化博物馆
一柄戈，也从名词
走到了动词

在礼县，曾有许多人手持戈矛
走出去

至今未归

2016. 10. 3

（发表于 2020 年第二期《广西文学》）

西汉水边，爱情从来都是一咏三叹

"蒹葭苍苍，白露为霜。所谓伊人，在水一方。"
西汉水怎样流淌，爱情，就怎样流淌。

"蒹葭凄凄，白露未晞。所谓伊人，在水之湄。"
清晨的露珠怎样呈现，爱情，就怎样呈现。

"蒹葭采采，白露未已。所谓伊人，在水之涘。"
隔着河水望过去，哪个地方空空荡荡，爱情，就在哪个地方。

在西汉水每一个转弯的地方，爱情反复出现，一咏三叹
却又，总是说不清楚。

2016. 10. 3

（发表于 2017 年《诗刊》第四期上半月）

殉

> 临其穴，惴惴其栗。彼苍天者，歼我良人。
>
> ——《诗经·秦风·黄鸟》

时间也害怕记忆，它会在白骨上坍塌。
生命死去就无法复活，但惊恐
从来没有睡去。

在礼县大堡子山的秦公大墓中，许多被击杀的孩子
都大张着嘴巴，想要站起来
考古者，用毛刷和竹签，剔出了他们的惨叫

2016. 10. 3

（发表于 2017 年《诗刊》第四期上半月）

我心上的骏马已经在人间消失

西汉水两岸是牧马的场地：土地开阔。水草丰茂。泥土中有适量的盐。
盐是泥土中的密码。
一个善驭的民族，驯服和反抗就像一对深嵌在血液里的齿轮。
马匹选择了西汉水，西汉水也为马匹准备了盐官这个西北最大的骡马交

易市场

千百年来，人们在马背上争夺天下，又在袖筒里商量马匹的价格。

对于马中奇骏，人们又用一粒粒美丽的文字拴住：

骠、骝、驷、骍、骊、骟、骐、骓、骢、龙、骕、骍……

或者追风、白兔、蹑景、奔电、飞翮、铜爵、晨凫、浮云、赤电、绝
　君、逸骠、紫燕骝、绿螭骢、龙子、麟驹、绝尘、九逸、特勒骠、青
　骓、什伐赤、飒露紫、拳毛、白蹄乌……

精美的文字，镂刻了人们对一匹马的热爱

但一代人，总要带着些许遗憾离去

就像西汉水两岸的马匹，也成了一代人无法治愈的心病

我心上的那些骏马，已经在人间消失

如今，西汉水两岸已经没有了马

想起那些在马背上奔驰的岁月，想起盐官如今堆满了垃圾的骡马交易
　市场

我只能把这些注定要散失的文字，在心头默念一遍：

骠、骝、驷、骍、骊、骟、骐、骓、骢、龙、骕、骍……

或者追风、白兔、蹑景、奔电、飞翮、铜爵、晨凫、浮云、赤电、绝
　君、逸骠、紫燕骝、绿螭骢、龙子、麟驹、绝尘、九逸、特勒骠、青
　骓、什伐赤、飒露紫、拳毛、白蹄乌……

2016. 10. 6

蒹 葭

蒹葭苍苍，白露为霜。所谓伊人，在水一方
蒹葭不是芦苇，蒹葭是马儿的食粮

在水一方，是伊人的村庄
伊人伊人，沿河徜徉。河水湿了你的鞋，就把它晒在石头上
河水湿了你的脚，就隔着河儿把花儿唱
花儿恓惶，花儿忧伤，花儿唱得蒹葭都结了霜
河水湿了你的裙河水湿了你的裳，就把他晾在蒹葭上

蒹葭蒹葭，白了头的芦子草，叶儿如刀，杆儿如枪，喂得马儿肥又壮
马儿肥又壮，儿郎上战场。马儿肥又壮，秋来驮嫁妆

蒹葭苍苍，河水汤汤
人马比肩，共饮斜阳

(发表于 2011 年 1 月《诗刊上半月刊》)

西 江

西江，是一个孤独的名字，源于一条河水的雅称。

有人梦见用西江水浣洗肠胃，第二天，便能写下传世的诗篇。

人生多么奇妙！因为一梦，两相成全。

而它，必将归于孤独。

跟随一个模糊的背影，消失在岁月的另一端。

现在，人们仍然叫它西汉水：河床挖沙，岸边种地。

如果不翻阅陈旧的典籍，不会再有人叫它西江了。

其实，一条河水丢失的，我们，一直在丢失。

2019.9.3

西汉水的前世今生

穿过《诗经》的河流，是一条有着文化心跳的河流。

它养育的女子，至今还在水的那一方，

它养育过的战马，还在记忆里奔腾、嘶鸣。

流到今天的西汉水，好像放下了乖张的坏脾气，

一路迤逦向海，温温婉婉，如歌如诉。

流过礼县时，两岸果蔬如海，高楼林立。每到八月，金风吹来，

玉树轻摇，悬果如灯。其果肩宽腹瘦，色红如玉，

或名曰富士花牛，或名曰元帅金冠，畅销四海，供不应求。

这些甜美的苹果，替代战马，成了西汉水的

前世

今生。

2019. 9. 3

大堡子山秦公大墓抒怀

与活着相背，死亡
就是朝着记忆深处狂奔
——直到忘记。

史籍，和传说一样含混不清。
古老的姓氏
固执的相貌轮廓
甚至拗口的地名和方言
都是证据
可它们都敌不过盗墓者的洛阳铲

多少年，我们行走其上
种庄稼，埋人
并不知道一座权力的金字塔
就倒立在脚下

沿着墓道前行，殉者的尸骨
已不可怖
即使他们都在惨叫
权力的钟磬之声仍会顷刻间将他们悉数弹压。

安息吧，一切无辜者！

现实又一次忤背了王意：那些流落的青铜金玉

已不能给它的主人提供太多佐证

甚至简书，也只能接受山脚下农妇填炕的命运

一个民族文明的记忆，也许

只能带给一个农妇严冬里些微的暖意。

这又有什么可遗憾的呢？

年轻的血管里，依然流淌着古老的血

马匹不见了，一辆疾驰的高铁

足以让所有的逝去

望风兴叹。

2019. 11. 30

西汉水

它一破土，

就有了乡愁。

峁水河漾水河永坪河燕子河洮坪河碧玉河南峪河清水河野马河，

都在路口等它。

一万座山护送它西去，

一万座山，

又唤它东回。

嘉陵江是一条大路，
长江，也是。
蓝色的大海，
是一个漂浮的梦，
梦里，西汉水也有一个回不去的家。

2019. 12. 6

荻　花

荻花，不仅生长在水边。

通往西山梁的小路边，
荻花一簇簇盛开。
只有逆着光，
才能发现它的美。

也不仅仅是秋天，
荻花才盛开。
草木枯落的严冬，
似乎才是荻花的舞台。

好多事物我们常常经过，
却并不相识。
正如我每天都去西山梁，

也并不知道，是在穿过一座古老的城。

我也不知道，我们苦苦寻找的，
荻花，一直都在坚守。

2019. 12. 11

在水一方，那些永远青葱的身影 (组诗)

"月芽滩" 里吃樱桃

"月芽滩" 是老诗人刘志清的一片果园
十年前这里还是一片荒河滩
十年后的今天，这里的果树已经成林

去年秋天，诗人牛庆国在 "月芽滩" 里吃过葡萄
六年前的夏天，老诗人杨文林、何来
在 "月芽滩" 里吃过西瓜
今年，全县的文友们都接到了老人的邀请
因为，"月芽滩" 的樱桃熟了

从第一颗樱桃成熟
老人就拄着拐杖在路边张望
他盼望那些朋友们快些来
成熟的樱桃风一吹就落了
他说，风落的樱桃像眼泪

老人今年七十四
写过《红牧歌》红过整个中国的诗人

如今只能凭借手中的拐杖，来支撑衰老的光阴

但他丢下了手中的笔

就开始用不老的骨头蘸着月光在大地上书写

十年前他布局的一篇奇文

如今已经郁郁葱葱

其中的每一行诗每一颗字都有鲜活的心跳

我坚信，全中国都没有第二首这样壮观的诗了

写了一辈子诗的人，多想把自己当作最后的一个标点留在世上

许多人都在谋划一个完美的句号或者感叹号

而他，却要用一片自己亲手开垦的土地

来书写一串发人深省的省略号

"月芽滩"粗略估计也有十几亩

这是老人一块石头一块石头拣出来的

回首十年，流下的汗水惊心动魄

长成的树木惊心动魄

和所有果农不同

老人在自己的"月芽滩"拒绝施用化肥和农药

他常说，草木有心，知道该如何生长

他甚至对枝叶上的虫子也很宽容

去年牛庆国来看望老人时

老人大谈自己如何和偷吃葡萄的胡蜂斗智斗勇

天真的老人手舞足蹈像个孩子

可一脸憨态的老牛

最终也没有听懂多少老人浓郁得有些拗口的方言

说起方言，我记得老诗人杨文林对我托付的一句话
他说："见了志清，第一件事情要告诉他
不要再给我打电话。
他的方言比外语还难懂，我从来就没有听懂过。"
他还要我告诉老人："我记着他哩，
让他好好活着。"

是的，为了好好活着
他把每一株稗草都当作对朋友们的思念
十年来，身前身后的山峰
都曾情不自禁地和他一起呼吸
可春来着绿秋夫披霜
轮回的光阴只给了他一头银亮的无奈

和往年不同，今年"月牙滩"的果树全部挂果了
这像一首诗，即将要结尾。
回首一生，这是对孩子们最满意的交代了
写了一辈子诗，儿子仍然没有逃脱下岗的命运
女儿仍然要流落他乡去打工
自己流过泪的诗歌，并没有减轻他们活着的痛苦
只有这满地的果树换来的现钞
让他对亲人的愧疚略有减轻

可他毕竟是一个诗人
多汁的浆果在他的培植下就有了诗意的冲动
借着阳光和雨水
他还会听到树叶们的欢呼和叹息

每一个黄昏，当他依着西汉水的波光放下手中的拐杖

他一定还会为一次次到来的黑暗和渐次升起在头顶的星辰伤感

我知道，人，不过是被五谷写失败了的一首诗

通篇布满涂改的痕迹

最后又不得不团起来丢在风中

诗人老去，也必将要被风带走

可他要将内心的那一抹月色留下来

就像命运将他深埋在了俗常的贫贱

而他却努力地长成了一座果园

七十四年，到底是一次终结

还是一个起点

热衷于采食的诗人们并不在意

唯有衰老的播种者知道

那高悬在枝头的每一枚果子里

都有他要交代的遗言

2012. 6. 28

丙申春天记事：
2月21日下午，磨石村看望痛失爱孙的老诗人

他在黑暗的屋子里笨拙地移动着

去努力打开那个已经熄灭了的火炉

冰冷的铁杵和烟筒，在他的手中像命运
此刻的火，已经熄灭，而初春的寒冷却露出了牙齿

我掀起厚重而破旧的门帘，看着他
简单的事情，他已经力不从心
他感到了身后的光，但并没有回头
他嗫嚅着，像在和上帝对话
直到我站在他的身后

笼罩了他的黑暗，被我再次撩起
幽暗的光线中，他缓慢回过头来
衰老让他如此缓慢，如此不相信身后出现的事物
他茫然地看着我，努力辨认
直到哭声哗然喷出，直到
比血液还要黏稠的眼泪爬满雪白的胡须……
那一刻，我再一次看到了命运狰狞的面孔和獠牙
他用曾经歌唱过的嘴，向我诉说："没有人能听我的话
没有一个人！"我相信，这是真的
人老了，都会多余

他用诗人的眼睛告诉我，死亡到来之前，他看到了一切
但他万万没有想到，死亡却从他的身边，带走了他深爱着的孙子

他用诗人的嘴告诉我："神不是烂泥捏的，不可乱说
我知道一切，但我不说。"
我相信，他说的是真的

此间，有几位村上的老人艰难地攀过门槛

来陪他流泪，但他闭上眼睛，不再流泪

他喃喃道：我也要走了

也要走了……

我相信，这也是真的

这一次，他没有起身送我们

而是缓缓闭上了眼睛

陈旧的老式木制躺椅在黑暗中抱着他

像他年轻时的老伴

陈旧笨重但依旧暖和的旧式翻毛大衣盖在他的身上

像他依旧爱着的诗歌

它们都在黑暗中开始哭泣

但他却不再流泪……

2016. 3. 21

听云翻君讲论语三则

1

有朋自远方来，不亦乐乎？

云翻摇头。朋者，同门之谓也，

何为友乎？

粗浅的时代，用粗浅绑架圣人

弟子省去了先生的长叹
云翾弯腰捡了起来

我不能给你们高官厚禄
你们却仍然自远而来
这不也是一件让人高兴的事吗？

2
学而时习之，不亦说乎？

"习者，鸟数飞也。"
简体的云翾，用笨拙的手指
在他面前的桌面上
写下繁体的"習"字

我似乎看到一只即将离巢的鸟儿
不停煽动两页翅膀
而天空高远，大地辽阔
飞翔，是多么大的冒险啊！

先生教给我们修齐治平的道理
我们不停地反复实践
这不也是让人高兴的事吗？

3
人不知而不愠，不亦君子乎？

面对抱怨

圣人拈须不语

这不也是君子之风吗?

云翮无须可拈

早已入定云游

我等自斟茶水

等他云游归来

2014.1.14 兰州

(发表于《中国诗歌》2015 年 2 月 "头条诗人" 栏目)

其名自叫

《山海经》中, 有许多动物的名字是自己叫出来的, 比如凫徯、华方、孟极、幽安、那父、从从、狪狪、 钤钤、朱獳、鸧胡、鲐鲐、精精、兰康、 犰狳、婴胡等等。每次夜深人静读这些名字, 都有一种穿越的感觉, 仿佛置身远古。

在世间的所有动物中, 人属于最怪异却又自以为是的一类, 他们有时也会 "其名自叫"。比如有些人叫自己为 "君子", 或 "孝子", 而事实并不相称。有些人称自己为 "公仆", 可事实上他比主人霸道多了。还有些人会指着一部分人说 "你们是主人", 可他说着他也不信, 别人又如何相信呢?

礼县云翮君是隐匿在民间的大儒、孝子。其学识渊博, 涵养很深又大孝。其母在世时, 因病卧床, 他多年同床陪伺, 接屎接尿, 须臾不离。更有其母性格怪异，百般"刁难"，他都笑脸相迎。有一次母亲半夜要喝水，他赶忙捧上，母亲却以水喷其面。见其惊恐，母却大笑不止说"想起小时候喷水轶事，故而喷之"。又有一次，他外出归迟，母亲罚其站立。半夜一点，他还端立母亲床头，不敢私坐。其夜微雨，他又颈椎有疾，但不经母亲允许，不敢歇息。后电话私我，六旬之人号啕语我"不想活了！"

在他尽心侍奉下，母亲卧病多年丝毫没有受罪，直到有一日早晨，母亲喝完早茶，说"你且去，我要睡了"。一睡就再也没有醒来，无痛而终。云翮君是用自己的行动，证明了"孝子"这个称谓，也算行动上的"其名自叫"吧。

2017.12.16

和云翮兄聊天归来，夜读李白《梦游天姥吟留别》有感

2009 年 5 月 23 日清晨，韩国前总统卢武铉在登山途中跳崖自杀，被紧急送往医院后因伤势过重死亡。这是韩国历史上首次发生前总统自杀事件，消息一出举国震惊。是夜，听云翮君讲李白《梦游天姥吟留别》有感。

——题记

梦醒说梦
说的是梦里惊心

烟涛微茫的瀛洲
信难求

信难求

但天姥山无处不在

或在你的政府院

或在他的办公楼

谢公屐能怎样

青云梯又能怎样

攀上了峰头

也只是看清了人心的深渊

卢武铉不上猫头鹰岩

又该去哪里？

龙咆熊吟

绝非自然的景致

鼓瑟的虎

回鸾的车

从来不曾绝迹

跳梁的小丑

也可能是云中的君仙之人

你信也不信

信也不信？

天姥山很高

但人间的屋檐太低

觉时的枕席

向来的烟霞

何处的青崖可放白鹿？

一声长啸

撑起的腰板能挺多久

大唐风轻

尚能吹落你心头的明月

何况物欲贪婪

何况素面朝天

梦醒说梦

往事千年

皆为流水的枉然

2009. 11. 10

某夜，送竹溪先生过渡槽

以西汉水为界，竹溪先生的家在对岸的星光中

乘一抹月色，顶满头白雪

踩着平平仄仄的脚步，竹溪先生就是一首会行走的诗了

年过古稀的老人，却拥有盛唐心脏

杯酒下肚，就有佳句的火苗突突上窜

凭借满腹的合辙押韵

一次次，为我带来唐宋的落日做甜点

若是裁取两岸的水声做一袭长袍

那覆顶的积雪，正好用来烛照他重返山野的路

好在沿途的秋草飞虫，都是旧识

每有残花相邀，权当误入歧途

善于乘坐格律畅游漫漫时空的矮胖老人
熟知李白杜甫贫困潦倒或青春放歌的足迹
却每每在现实的霓虹中迷路
做了一辈子的乡村教师，到老
却把自己活成了一个不谙世俗的孩子
平日里隔水相望，闲暇时乘月而来
过了这座渡槽
他就是闻香识途的蝴蝶
而我，依然是被利欲役使的甲虫

2012.9.30

（发表于 2014 年 1 月《绿风诗刊》）

南山践行，兼寄竹溪翁归乡养病

南山不远，我们却走了几十年
人间辽阔，如果没有相遇
纵使骸骨乞来，又该凭谁相送？

风吹长亭，铺开送别的离宴
我已为你摆上青峰数座，夕阳一枚
更何况，骤雨初停，江山新洗
斜阳是多么的深情！

不要说此别无会

也不要为自己的老去道歉

英雄更是老去快

而生命的树枝上，时时都会落下果子

和你历经苦难的童心相比

年轻的世故，才是真正的苍老

为什么一定要用酒，来浇这离情别意

清茶一盏，更能映照出你顶上白发的妖娆

世人皆拜孔方兄，谁为诗人虚前席？

腹内诗书五车

也难买多余的知音一个

金龙多病，云翮也已老去

张宁才俊，谁又怜其过目成诵？

唯夏沫正在成长，而我虽壮

却也泪水流干，万念成灰

灵魂都在路上。

此别岭树重遮，江流宛转

且饮下这滚烫的晚景，为先生寿！

但乞得来日颗粒归仓，瓜果下树

且长亭重设，金风再邀

人世上的五个兄弟，将为你顶上的积雪

拼却一醉

2015. 7. 7

（发表于《诗潮》2019 年第七期）

深山访竹溪老翁

1
想起竹溪老翁在深山，满坡的叶子
就都红了

2
一群野鸟，呼啦啦飞起，掠过野马河谷
在罗家坪的山坡上停下来
高大的山萸树上，就多了一些会唱歌的果实
它们的叫声甜而多汁
它们的翅膀闪着光

3
一枚枚熟透了的山萸果从空中落下
秋日的阳光会被砸开小小的波纹
等不得冬日来临，野鸟和大尾巴松鼠会吃光这些甜蜜的果实
也有一些会落在草丛里
第二年，小小的芽钻出地面，它们和野草没有区别

4

这些会唱歌的野鸟，和有着甜蜜果实的山萸树

是罗家坪的恒久住户

也是竹溪翁的左邻和右舍

它们在渐渐变凉的天空下

一起等着果子变甜

5

而罗家坪的山萸果已经变甜

有些已经开始掉落

通往竹溪翁家的那条小路上

红红的山萸肉让空气中弥漫着淡淡的洒香

好像风中藏着一座古老的酒坊

6

竹溪翁毕竟年逾古稀，发白如菊

有些诗句写到一半就会忘记

这并不影响那些残章断句串起来的时光

抵得上一座旧词草堂

时时想起，犹如风吹花落

池满香动

7

路过三盘就渐趋平缓

在小路转弯的地方，竹溪翁手握拐杖，伫立在小路中央

"知道你们要来，他出出进进一个早上了。"

看见我们，他加快的步子让人有些担心

但山鸟啾鸣，阳光杂乱

身旁红红的叶子都闪着幸福的光芒

8

土炕已经烧热

油茶已经揣上

一只雄鸡来不及喊出的朝阳也早已烂熟锅内

他嗫嚅的嘴唇终于也说不出几句滚烫的话

而他抬手一指，满坡的叶子早已红成了沸腾的海洋

9

"金龙可好？……"

"张宁可好？……"

他的询问总是时时陷入茫然。

有时，他问到一半就忘记了

剩下的部分好像被风吹散

10

但也有让他灵光乍现的话题。

谈及旧时文人在清福寺对对子，有人出联"月明星稀刚子夜"，无人能
　　对，扶乩请神。

当他闭上眼睛说出："今日联，明日联，为点小事把吾参。

眼前对子有一联：云淡风轻正午天"

恍若他就是隐身在月光中的神仙

而当他摇头晃脑说出："我乃武将家风，不识文事，为你一副对联，跑
　　了一回东海岸上，请教了洞宾先生。"
他恍若又成了死去千年的杨四爷
"木易杨将军，神是神，人是人，神岂能为人乎？"
"古月胡先生，尔为尔，我为我，尔焉能昧我哉？"

如此绝对，那漫天的月色
也似乎都来自他灿然的白发深处

11
越过窗外的土墙，远处就是毛羽山系起伏的山梁
在它巨大的褶皱中，竹溪老翁成长、教书
如今儿孙已长，命近黄昏
他却说这是人生的黄金时期
又为此写下许多滚烫的诗句，含笑老去……

12
离别时，他站在路口朝我们挥手
那些吃饱了的鸟雀，就站在他头顶的树枝间鸣叫

人生总有许多不舍，却不得不转身离去
竹溪老翁已经老去
而我正在老去的路上
那些红了的树叶，有的已经凋落在了地上，有的还挂在枝头
更多的，却一直飘在我想起他的风中……

2016.11.22 于天宝高速公路

（发表于 2018 年第四期《野草》）

图书在版编目（ＣＩＰ）数据

时间中的绿锈红斑 / 包苞著.-- 武汉 ：长江文艺
出版社，2020.12
ISBN 978-7-5702-1861-5

Ⅰ．①时… Ⅱ．①包… Ⅲ．①诗集－中国－当代
Ⅳ．①I227

中国版本图书馆 CIP 数据核字（2020）第 199468 号

责任编辑：胡　璇　　　　　　　责任校对：毛　娟
封面设计：源画设计　　　　　　责任印制：邱　莉　　王光兴

出版：

地址：武汉市雄楚大街 268 号　　　　邮编：430070
发行：长江文艺出版社
http://www.cjlap.com
制版：兰州义博彩色印刷有限责任公司
印刷：兰州银声印务有限公司

开本：720 毫米×1020 毫米　　　1/16　　印张：14.25　　　插页：2 页
版次：2020 年 12 月第 1 版　　　2020 年 12 月第 1 次印刷
行数：4616 行

定价：42.00 元